Best Time

白马时光

江楼楚馆，云闲水远。

暖雨和风初破冻，
柳眼梅腮，
已觉春心动。

常记溪亭日暮，沉醉不知归路。

不如随分尊前醉，
莫负东篱菊蕊黄。

雪里已知春信至，寒梅点缀琼枝腻。

寂寞深闺，
柔肠一寸愁千缕。

枕上诗书闲处好，
门前风景雨来佳。

良窗淡月，
疏影尚风流。

浮世清欢，岁月安好

慕容素衣 著

百花洲文艺出版社
BAIHUAZHOU LITERATURE AND ART PRESS

图书在版编目（CIP）数据

浮世清欢，岁月安好 / 慕容素衣著 . — 南昌：百花洲文艺出版社，2018.9（2020.1 重印）
ISBN 978-7-5500-2946-0

Ⅰ . ①浮… Ⅱ . ①慕… Ⅲ . ①李清照（1084- 约 1151）—宋词—诗歌欣赏②李清照（1084- 约 1151）—传记
Ⅳ . ① I207.23 ② K825.6

中国版本图书馆 CIP 数据核字（2018）第 171351 号

浮世清欢，岁月安好

FUSHI QINGHUAN, SUIYUE ANHAO

慕容素衣 著

出 品 人	李国靖
特约监制	王　瑜
责任编辑	游灵通　程　玥
特约策划	刘洁丽
特约编辑	刘洁丽　王良玉
封面设计	林　丽
版式设计	王雨晨
封面绘图	樂　兮
内文绘图	越　女
出版发行	百花洲文艺出版社
社　　址	南昌市红谷滩世贸路 898 号博能中心Ⅰ期 A 座 20 楼
邮　　编	330038
经　　销	全国新华书店
印　　刷	三河市金元印装有限公司
开　　本	880mm × 1230mm　1/32
印　　张	10
字　　数	185 千字
版　　次	2018 年 9 月第 1 版
印　　次	2020 年 1 月第 2 次印刷
书　　号	ISBN 978-7-5500-2946-0
定　　价	42.00 元

赣版权登字：05-2018-320

发行电话　0791-86895108
网　址　http://www.bhzwy.com
图书若有印装错误，影响阅读，可向承印厂联系调换。

繁花似锦，清风如缎，

浮世清欢，岁月安好。

长相思

诉衷情

她被称为“千古第一才女”，她让一千年后的女人们还屡屡为她流泪叹息，让一千年后的男人们屡屡懊恼不已，恨不与此人同时，哀叹自己生得太晚。她被尊称为“婉约词宗”，但真实的她纯真烂漫，既是闺中之秀，又有名士风度，风神冠绝一时，骨子里却傲骨铮铮，“亦是林下风，亦是闺中秀”。她爱花、爱酒、爱踏青、爱踏雪觅诗、爱和姐妹们荡舟湖上，爱一切美好的事物，这种热爱至死不休，美是她的宗教，她终身都信奉美、追求美，将生活的艺术化践行到了极致。

如梦令 点绛唇 武陵春 孤雁儿

她的名字，和屈原、李白一起并列，偏偏生于乱世，命途多舛。她拥有最理想的爱情，和赵明诚既是夫妇，又是朋友，成为“夫妇擅朋友之胜”的楷模。她有着太过幸运的前半生，又有着太过不幸的后半生，丈夫早逝，国破家亡，正是这些波折，造就了她一颗千回百转的词心。

她就是古今第一奇女子李清照。

本书既是对李清照一生的回顾和词作的赏析，也会介绍到与她相关的词人墨客，从一个侧面了解宋时文人生活的精致和浪漫。

目录

目　录

第五卷 孤雁儿：吹箫人去玉楼空

第六卷 诉衷情：谁怜憔悴更凋零

第七卷

武陵春：风住尘香花已尽

序

一半婉约，一半豪放

说到对女子的品鉴，《世说新语·贤媛》中提到过这样一个小故事：谢道韫出身于世家，幼时即以“未若柳絮因风起”之句被称为“咏絮才女”，谢家风范在她身上表露无遗，长大后嫁给王羲之的次子王凝之。当时能够与谢道韫相提并论的只有同郡的张彤云，张彤云是张玄的妹妹，论家世自然不及谢家，论才情却差堪比拟，张彤云嫁到顾家。朱、张、顾、陆是江南的四大世家，张玄也常常夸赞自己的妹妹比得上谢道韫。

有一个叫济尼的人，常常出入王、顾两家，有人问济尼，谢道韫与张彤云谁更好一些，济尼说道：“王夫人神情散朗，故有林下风气；顾家妇清心玉映，自是闺房之秀。”

从那以后，人们便常常用“林下之风”和“闺房之秀”来形容女子不同的风韵气度，有“林下之风”的女子，就如谢道韫一样，神情散朗，大有魏晋名士的气派，而被称为“闺房之秀”的女子，则温婉娴雅如张彤云。任何一个女子，只要拥有这两种特质中的任意一种，都可以称得上是女子中出类拔萃的人物了。

令人惊叹的是，数百年后，有一个生于宋朝的女子，竟然出乎意料地将这两种特质集于一身。同时代的人，盛赞她是“闺阁中之苏（苏东坡）辛（辛弃疾）”，后来者，则称她“不徒俯视巾帼，直欲压倒须眉”。《古今词统》中说她的词“亦是林下风，亦是闺中秀”，这句话用来评价她本人也十分贴切，她的性格，正是柔情中有清狂，婉约中见豪放。

她，就是凭一部《漱玉词》惊艳了整个词坛的李清照。

关于李清照，人们浮现在脑海中的第一个词，可能就是“婉约”。千百年来，她一直被奉为“婉约词宗”，身为一位闺中之秀，婉约的确是她性格的一个方面，而且是极为重要的一方面。

清照首先是一名女子，女子的心思，本就较一般男子要细腻得多，也婉转得多。所以缪钺称她是“纯粹之词人”，词之一体，要眇宜修，妍媚生姿，是极具阴柔之美的文体，清照身为女子，天性就适合填词。她的词最能表现出女性独有的美，其柔媚清丽婉转，机杼天成，不是那些男性词人所代写的“闺情词”可比。

《漱玉词》的女性特质十分鲜明，清照以一颗千回百转、玲珑剔透的词心，开辟了一个男性词人很难抵达的“微观世界”。词有学人之词、诗人之词、词人之词，而清照的词，则是典型纯正的词人之词。她坚持“词别是一家”，她那些名动千古的佳作，如《如梦令（昨夜雨疏风骤）》《一剪梅（红藕香残玉簟秋）》《武陵春（风住尘香花已尽）》《声声慢（寻寻觅觅）》等，确实都是缠绵悱恻、一唱三叹之作，深具闺中情调、女儿情怀。

女子爱美的天性，更是被清照发挥到了极致。她爱花、爱酒、爱装扮、爱华衣美服、爱青春年华、爱俗世间的繁华热闹，她从卖花担上买得一枝春花，不是插起来做清供，而是“云鬓斜簪，徒要教郎比并看”，非要和花争俏不可；元宵佳节，去赏灯游玩之前，她也不忘梳妆打扮，“铺翠冠儿，捻金雪柳，簇带争济楚”，一定要装扮得靓丽整齐，非压倒女伴不可。

如此爱美，难怪有人竟用“乱世中的美神”来形容她。

清照至今唯一流传下来的一张《荼蘼春去》小像，也被画得柔弱娇怯，画中人瘦伶伶、怯生生的，手持一枝黄菊，眉间似含有无限凄怨。这画像据考证是伪作，可画中人的形象，却恰好符合大多数人对清照的观感。

实际上，清照绝不是一味温柔和顺、婉约缠绵的女子，而是柔中带刚、秀中有骨。她生于山东，长于汴梁，后来又流落到江南，身上既有南方女子的温婉，也有北地胭脂的爽朗，她的英气和豪气连一般男子都无法比拟。

清照出身于书香世家，自小受父亲李格非影响，又常与晁补之、张耒等当世名流交往，因此深受魏晋风度的浸染。她崇拜的偶像，是陶渊明那样的隐士和项羽那样的英雄，她自号“易安居士”，就是出于对陶渊明的不慕荣利、平淡自适的倾慕。

她有着寻常女子难以理解的志趣，并乐于投入一生去追求。金石和诗酒，是她一辈子都没有放弃的东西。在婚姻中，她不是丈夫明诚的附属品，而是他的知音、良伴兼助手；在词坛上，她不是男性词人们的唱和者，而是以一己之力，去发出女性独有的声音。

在恪守传统的闺秀中，清照无疑是另类的，这种另类表现在她的大胆与叛逆上。她敢于自我标举，号称“自是花中第一流”；敢于写闺房间的隐事，“笑语檀郎，今夜纱橱枕簟凉”；敢于作《词论》尖锐地批评词坛的前辈们；敢于说自己酷爱博弈，甚至到了废寝忘食的地步；敢于讽刺苟安的南宋君臣们“南渡衣冠少王导，北来消息欠刘琨”；敢于在再婚不到一百天时就决然状告亲夫，对簿公堂……

在旁人看来，这些行为在当时无异于冒天下之大不韪，可在清照眼里，她这样只不过是率性而为。她自有一种坦率的情操，所作所为从不矫饰，而是听凭天性，这份坚持，成就了她的真性情。

很显然，“婉约”二字概括不了清照的全部。她是丰富的，也是矛盾的，正是这些丰富和矛盾，成就了她独一无二的魅力。婉约和豪放，脆弱和坚强，名士风度和闺秀气质，男子豪气和女儿柔情，都神奇地在她身上得到了统一。

如果要我为清照画一幅像，我不会将她画成那种愁眉紧锁的模样，而是要画成一个女子站在盛开的黄菊丛中，手持酒杯，留醉花间。

“东篱把酒黄昏后，有暗香盈袖”，这才是那个一半是豪杰、一半是闺秀的李清照。

慕容素衣

2018 年 8 月

第一卷

如梦令

买花载酒长安市

世家才女

都说女儿是水做的，水的氤氲能够滋养出女儿家温润如玉的肌肤和容颜，所以多水的地方总是盛产美女。浣纱溪边有西施，秦淮河畔有八艳，泉城济南则走出了一个惊才绝艳的李清照。

李清照是山东章丘县明水镇人，章丘今属济南市，济南山水明瑟，“四面荷花三面柳，一城山色半城湖”，描写的就是济南大明湖的绮丽风光。济南的泉水更是举世闻名，有大小七十二名泉，因此有“泉城”的美誉。

明水镇，正是因此处泉水清澈明净而得名，这里家家泉水，户户垂杨，因泉水众多而有“小泉城”之称。城外，绣江河绕城而过，汇成水光潋滟的明水湖，少女李清照曾一次次和女伴们泛舟湖上，流连忘返；城内，百脉泉喷涌而出，泉中水泡缓缓涌出，如珍珠滚动。

清照园就坐落在百脉泉内，专为纪念生于明水的李清照而建。园内泉水淙淙，曲径游廊，设有易安楼、海棠轩、黄花馆、金石苑等，更有一处泉水清澈见底，从池底冒出后喷石过隙，水落池中洁白无瑕，声音清脆有如玉石撞击，因此得名漱玉泉（济南趵突泉公园内也有一处漱玉泉）。相传李清照曾在此掬水梳妆，填词吟诗，她的《漱玉词》就是以此命名的。漱玉一名由《世说新语》中的“枕流漱石”演化而来，却更显精致，也更符合她闺秀的身份。

无从考证李清照对泉梳妆的传说究竟是真是假，千百年来，爱慕她的人们愿意相信，那明澈如镜的泉水中，确实留下了一个少女清丽的倩影。就像人们同样愿意相信，天地山川之间的灵气，总是会集中在某一个人身上。

当我们说起李清照的身世，总是会感叹，齐鲁山川之灵秀，竟然神奇地集中在这个女子身上。

大约在距今九百年前，公元 1084 年，一个小女婴在章丘明水的李宅呱呱坠地，父亲为她取名叫作清照。这个名字极美，让人联想起临清流而照的美人，日后，这个地方将因她而被人们所铭记。明水镇的湖光山色孕育出她如诗的情怀，如果把明水比作一幅清新淡雅的水墨画，从画中走出的李清照，就如同那空灵一笔，身上犹带着水雾蒙蒙，让整幅画顿时生动起来。

水的灵动和少女的灵性是如此相得益彰，生于明水，长于明水，从小就傍水而居，百脉泉、绣江河清亮透明的水似乎也流到了李清照的词中。读《漱玉词》，总觉得她的笔端似有水汽漫出，从天上降落的雨水每每让她惆怅，烟波浩渺的江河湖泊则往往给她欣喜，她对和水有关的一切都如此敏感，以至于她的词中总是弥漫着一种湿漉漉的女性情调。

她出生的年份也算是恰逢其时，那一年正是宋神宗元丰七年，大宋尚未偏安一隅，宋朝是中国历史上军事最衰弱的朝代，却也是文化最繁盛的朝代，至少是文化最繁盛的朝代之一。宋朝有从不宵禁的夜市，有花样众多的娱乐，有琳琅满目的美食，更有精巧绝伦的艺术。以欧阳修、苏轼为代表的宋朝人，爱花、爱酒、爱游山玩水、爱举行通宵达旦的宴会，爱一切好玩有趣的事物，将生活的艺术化进行到了极致。

宋词，就是这一切艺术化生活的结晶。如果说唐朝是诗的朝代，那么宋朝就是词的朝代。没有什么比词与这个朝代更加相衬，它是如此绮靡，如此华丽，却又如此伤感，如此颓废，令人想起黄昏时的斜阳，它正像宋朝给人的感觉。

李清照出生的那年，恰好是北宋词坛群星荟萃的年代。那一年，王安石六十三岁，晏几道五十四岁，苏轼四十七岁，秦观三十五岁，晁补之三十一岁，周邦彦二十八岁。词多写闺情，这个时候的词坛，却完全是男性词人的天下。

直到清照出世，群芳竞秀的词坛才盛开了一枝女儿花，这枝女儿花，不仅仅只在闺中独秀，更开出墙头，艳压词坛。

清照出身书香世家，父亲李格非本是一介寒士，凭才学考上了进士，官至礼部员外郎。他著作等身，可惜大多散佚了，流传至今的《洛阳名园记》叙写园林之盛，暗含兴亡之叹，是不可多见的佳作。以文章扬名的他受到了当时的文坛盟主苏轼的器重，有幸名列“苏门后四学士”之一，他对苏轼的人品极为景仰，和苏门子弟多有诗文来往，是闻名一时的雅士。

李格非性格孤高刚直，疾恶如仇。他在担任郓州教授时，郡守怜他贫寒，提出让他兼任一些职务，好多拿些月俸，他却婉言谢绝了。后来他因得罪权贵，被外放到广信郡任通判，任职期间，当地有个道士妖言惑众、骗取钱财，他听说后命人将此妖道痛打了一顿，并驱逐出境，由此可见他爱憎分明的性格。

能受苏轼赏识的人，身上肯定有放旷不羁的一面。李格非就是如此，他为人、作文，最重一个“真”字，曾经提出：“文不可以苟作，诚不著焉，则不能工”，将修辞以立诚作为写文章的首要标准，更说过写文章要“字字如肺肝出”。在古人的作品中，他最欣赏刘伶的《酒德颂》和陶渊明的《归去来兮辞》，这两位作家堪称魏晋风度的代表人物，一个狂放不羁，一个恬淡平和，共同的特点是都活得真实坦荡。对他们的推崇，可以想见李格非的人生态度。

清照是李格非的长女，他三十六岁才得女，自然将她视为掌上明珠，给予了她一个父亲能够给予的所有慈爱。父亲对李清照的影响是巨大的，她成年后的为人处世上，处处可以看到李格非的影子，这父女俩，都是一样的爱憎分明，一样的安贫乐道，一样的名士做派，甚至做女儿的填起词来，也是像父亲一样“字字如肺肝出”。

有这样一位父亲，李清照是十分自豪的，她在晚年的一首诗里曾不无骄傲地写道：“嫠家父祖生齐鲁，位下名高谁比数？当时稷下纵谈时，犹记人挥汗如雨。”大意是我的父祖辈生活在人杰地灵的齐鲁之地，虽然出身不高，但却享有盛名，这全因他们学识渊博，令众多门生为之折服。

李清照的童年也并不完全是甜美的，在她一两岁时，生母王氏就不幸早逝了。这位王氏是宰相王准的孙女，史书上没有留下关于她的记载。在她七八岁时，父亲李格非续娶了继室，继母同样姓王，是宋仁宗时状元王拱辰的孙女。继母王氏知书达理，饱读诗文，为小清照提供了优越的家庭教育，也弥补了她母爱的缺失。

王氏还生了个儿子李迒，这个同父异母的弟弟至少比李清照小了八岁，儿时的他常常跟在姐姐身后玩耍，等到他稍微长大一点，姐姐已经成了名满京师的才女，谁也不曾想到，这个看上去有些弱小的男孩子，日后将成为姐姐唯一的依靠。

生母的早逝似乎没有在李清照身上留下任何阴影，祖父和伯父伯母都很疼她，继母也很慈爱，父亲更是深深赏识她的聪明才智。在奉行“女子无才便是德”的年代，不是每个女孩子都有读书的机会，即使读书，也不过是读几本《列女传》《女诫》之类。可李格非从来不限制女儿读哪类书，更不会拿三从四德的规范来约束女儿，从李清照过人的学识来看，她从小就博览群书，经史子集、诗词歌赋无不涉猎。

可以说，李格非是把这个聪慧的女儿当成儿子来养的，他不仅鼓励她读书，还亲自将她带到汴京教养，为她寻觅良师，带她参加文人雅士们的聚会，甚至揄扬她的才华。相传李清照最初广为人知的那些词，正是父亲李格非流传出去的。可能是为了不让女儿的名字为人所知，李格非一开始特意掩了填词人的名字，只将词作给人传看。没想到这几首小词居然赢得了城内名家们的一致叫好，有人根据词中倜傥不凡的气度，猜测出自东坡先生苏轼之手，有人根据词中飘逸清新的风格，惊呼莫非是道教仙人吕洞宾的手笔。

如果这些词作真是李格非传出去的，这个时候的他，听了人们的赞美之后，一定会忍俊不禁，偶尔也会装作不经意地揭露谜底——原来这些令大家惊为天人的词作，是出自一个芊芊少女的笔下。熟识李格非的人都赞叹说，“中郎有女堪传业”，将他们父女俩比作蔡邕和蔡文姬。

生于书香门第，长在太平盛世，才女李清照确实是得天独厚的天之骄女。

溪亭沉醉

如果以李清照的一生为线索拍一部电影，那么她的出场应该是这样的吧：碧波绿水间，一群少女持桨荡舟，划入了田田莲叶之间，她们的欢声笑语惊破了水鸟的好梦。镜头再往近拉，那小舟慢慢近了，只见领头的少女脸带红晕，一副醺醺然的样子，一双眼睛却亮若星辰。荷花在她头顶绽放，她的笑容，比荷花还要娇美几分……

这是少女李清照在人生舞台上的第一次亮相，就好比京剧名旦登场，一揭帘、一抬眼，已然赢得了满堂彩。

李家有女初长成，这一年她不过十五六岁，年方及笄，已经出落为一名亭亭玉立的大家闺秀。开明宽厚的家庭从未压抑过她的天性，她无拘无束地长大了，长成了一个身心舒展的美少女，可以想象，她的父母一定非常宠爱她，因为只有在充满爱的环境中成长的女孩子，才会这么飞扬洒脱，这么活泼开朗。

很多人爱把她想象成林黛玉那样的泪美人，多愁善感，整日里以泪洗面，实际上，少女清照固然有黛玉敏感多思的一面，却更像史湘云。她们身世类似，湘云是“襁褓之间父母违”，清照也尚在婴孩时就失去了生母。不过，这并没有剥夺她们感受快乐的能力，清照就像湘云一样，“幸生来，英豪阔大宽宏量”“好一似，霁月光风耀玉堂”。

大观园众姐妹中，黛玉太娇弱，宝钗太保守，妙玉又嫌矫情，我总觉得，像清照这样的女孩儿，才是湘云的隔世知己。这两个女孩儿，都是闺中英豪，在她们身上，都能够看到魏晋风度的流风遗韵。倘若能够生于同一时代，她们一定能够成为闺中密友吧。

若清照生在大观园中，她一定会兴致勃勃地和湘云一起结社、联诗、行酒令，去雪地里烤鹿肉吃，喝得醉醺醺地卧倒在青石板上，任海棠花落了一身。而湘云若生在宋朝，一定会随清照去踏青、赏花、弈棋、打马、划着小船儿荡舟湖上。

我们可以想象，也许和清照一起泛舟溪亭的女伴中，就有一位湘云这样的明朗少女。在一个初夏荷花盛开的傍晚，她们结伴来到溪亭游玩，迎着湖面吹来的清风，喝着从家里带来的佳酿，不知不觉间，已经喝得醉了，转头一看，天色已黄昏。于是就急急忙忙地划着小船往家里赶，谁知一不小心迷了路，误打误撞地闯入了藕花深处。她们争先恐后地将船儿划出花丛，却惊起了停在水面的一群水鸟。

尽兴而归的李清照对此次游玩念念不忘，于是提起笔来，写下了这样一首小令：

如梦令

常记溪亭日暮，沉醉不知归路。兴尽晚回舟，误入藕花深处。争渡，争渡，惊起一滩鸥鹭。

词里的溪亭在何处历来众说纷纭，一说溪亭是济南七十二明泉之一，在大明湖畔；一说泛指溪边亭阁；一说是在章丘明水一带；还有一说确指一处叫“溪亭”的地名。之所以有这么多争论，是因为这首词在当时就很有名气。

都说王维是“诗中有画”，其实李清照也是“词中有画”，如果把王维的诗比作一幅静态的画，那么清照的小令就是一幅流动的画，不过短短几句话，却跌宕起伏，犹如一部出色的独幕剧，有前奏，有高潮，也有余味，正是前人所说的“短幅中有千里之势”。

李清照的词中不仅有画意，而且有音乐。以这首《如梦令》为例，细味全词，只觉得眼前浮现出一幅鲜明的画面，耳畔则响起少女们欢快的笑声，犹如一串串银铃洒落在水面。

藕花深处，鸥鹭惊起，多么美丽的一幅荡舟晚游图！而这样动人的画面，其实是来自一次迷路，这简直是有史以来最美的一次迷路了。

我们仿佛看见，一位笑语盈盈、潇洒俊迈的少女正从藕花深处飘然走来。这个少女和以前诗词中出现的采莲女形象是如此不同，她是如此豪迈，不仅要喝酒，还要喝得沉醉，又是如此争强好胜，划个小舟也要和女伴们争渡一番。她的身上，既有少女的娇憨，又有名士的风度。读此词，可以想见少女清照的风采，近代词学名家龙榆生不禁赞叹说："矫拔空灵，极见襟度之开阔。"是说词，也是说人。

一次晚游，一首小令，让李清照被济南人尊为了"藕花神"，并在大明湖畔为她修建了藕神祠，从清代起，济南人就将她奉为藕神以祭祀。清照本人，着实深具荷花"清水出芙蓉，天然去雕饰"的神韵，除了她，也没有别的女子更适合担任藕花神了。

词为心声。这首小令只有寥寥三十三个字，从中却至少可以了解到李清照的两大爱好：

她爱喝酒。清照是出了名的好酒，有人统计过，她总共不到六十首词（包括存疑的），其中就有二十九首提到了酒。这点她颇有太白遗风，李白说"三百六十日，日日醉如泥"，清照也一样，读她的词你会发现，她似乎总是处于微醺的状态，酒意诗情，在她的笔下如水乳般交融一体，倾慕她的学者杨雨干脆亲昵地称她为“酒仙”。

这位酒中仙的酒量看上去并不好，几乎每饮必醉，可她依旧照饮不误。良友相聚时，要开怀畅饮，“座上客来，尊前酒满，歌声共水流云断”；姐妹离别时，要借酒浇愁，以至于忘了喝了几杯酒，“惜别伤离方寸乱，忘了临行，酒盏深和浅”；良辰美景时，要喝酒，“共赏金尊沉绿蚁，莫辞醉”；苦闷无聊时，更要喝酒，“莫许杯深琥珀浓，未成沉醉意先融”……

尽管喜欢喝酒，她毕竟不是那些只知道牛饮的俗人，而是将饮酒当成了一种生活美学，酒既能助兴，又能浇愁，让快乐和痛苦都在或浓或淡的醉意中得以升华。男人们喝酒，喝的是“醉卧沙场君莫笑”的豪情壮志，她喝酒，却喝出了“捧觞别有娉婷”的动人姿态，她给人们留下最深刻的印象，就是她“东篱把酒黄昏后，有暗香盈袖”的样子，把酒赏菊的她是那样清丽无俦。

她爱出游。人们总是认为古时闺秀一般是待在家中的阁楼上，事实上明清或许如此，唐宋风气却相对开明。尤其像清照这样天性活泼的少女，生活是十分丰富多彩的，读她的词就会发现，她热爱每一个春秋佳日，元宵时要观灯，春来踏青芳郊，夏日荡舟湖上，重阳持蟹赏菊，大雪纷飞的冬天也要戴着斗笠去雪中觅诗，总是那样兴致勃勃，趣味盎然，不放过每一次出游的机会。

她最爱的，就是徜徉在湖光山色里，与山水鱼鸟相亲相近。下面这首词，和上面的《如梦令》一样，同样是描写她年少时外出游湖的场景：

忆王孙

湖上风来波浩渺，秋已暮、红稀香少。水光山色与人亲，说不尽、无穷好。

莲子已成荷叶老，清露洗、蘋花汀草。眠沙鸥鹭不回头，似也恨、人归早。

这次描绘的仍然是湖上风光，只是季节已从初夏荷花开时流转至暮秋莲子老去。

“自古逢秋悲寂寥”，秋天在众多文人墨客笔下都是一个感伤的季节，同样的秋天，在柳永笔下是“更那堪，冷落清秋节”，到了少女李清照的笔端，这满湖秋色却“说不尽、无穷好”。

从古至今，为秋日唱赞歌的诗人并不多，刘禹锡是一个，他高歌过“我言秋日胜春朝”，李白也是一个，放言过“我觉秋兴逸，谁云秋兴悲”。如今又出了个李清照，在这首写于秋日的小令里，看不到一丝一毫的颓废与伤感，有的只是逸兴遄飞，壮采凌云。

尽管已经是“秋已暮”“荷叶老”“红稀香少”，可在游兴未已的清照眼中，这秋色竟无一处不好。一切景语皆情语，在眷恋湖光秋景的她看来，这水光山色、眠沙鸥鹭都像是有情又有意，舍不得她归去。

词人都爱把自己的主观感情投射在山水万物上，辛弃疾词中说“我见青山多妩媚，料青山，见我应如是”，在清照看来也是如此，眼前的一切都是这样温柔美好，山也含情，水也含笑，蘋花汀草被清露洗得如此明净，令人平生出难以言说的欢喜。

清照的少女时代，真是有着无穷无尽的欢喜啊，一场宴饮、一次郊游，甚至一只惊起的水鸟都能让她快乐不已。随着她年岁的增长，这样的欢乐时光越来越少，忧虑日多，而喜悦日少。

但我们仍然要感谢这些欢乐时光，是它们筑成了清照生命的底色，让她日后有勇气去面对将要到来的风刀霜剑。

这个秋日是如此明媚，她把它珍藏了起来，珍藏在她的心上和她的词里，当我们读这首词时，就像揭开了她的心之一角，仍然可以触摸到千年前那个秋天阳光的温度。

名动东京

清照虽生于明水湖畔，长于百脉泉侧，但她这颗明珠大放光彩，还是在移居东京之后。

这个东京，并不是指如今的日本首都，而是指当时的北宋首都——古称汴京或汴梁，今称开封。北宋先后设东、南、西、北四京，以东京为首都，可见此地的繁华昌盛。

清照六七岁时，父亲李格非官至太学正，在东京经衢之西，租赁了一处住房。李格非是个风雅之士，特意在住所处种植了许多竹子，老友晁补之对此称羡不已，特地写了篇《有竹堂记》来记载此事。可以想见，此处遍种篁竹，青翠可人，有如黛玉所住的潇湘馆，终日龙吟细细、凤尾森森，环境清幽绝俗。

李格非就是在这一年，将钟爱的女儿清照接到了身边，自那以后，清照便长居东京，偶尔也返乡探亲（溪亭之游便发生于返乡居住时）。父亲的这一举措对清照的影响是巨大的，如果一直生活在家乡，她和那些养在深闺的小家碧玉就没什么区别了，一定要走出明水镇，才能知天地之大，品名物之盛。眼界始大，胸襟也随之超迈。

作为北宋的都城，东京当时人口过百万，富裕甲天下，从传世名画《清明上河图》中，就可以想见当年东京的物华天宝。南渡后的文人孟元老恋恋于昔日繁华，撰成了名著《东京梦华录》，在他的笔下，这座极盛时的都城“举目则青楼画阁，绣户珠帘。雕车竞驻于天街，宝马争驰于御路，金翠耀目，罗绮飘香。新声巧笑于柳陌花衢，按管调弦于茶坊酒肆。八荒争凑，万国咸通”。

生活在这样的花柳繁华地、温柔富贵乡，清照有幸目睹北宋王朝最后的荣光。这是乱世中的盛世，夕阳西斜，红日将坠，人们浑然不觉，依然沉醉于舞榭歌台，轻歌曼舞唱不休，美酒佳酿杯莫停。

这些沉醉的人中就有清照，她和同时期的人一道，见证了无限的美，见证了“夕阳无限好，只是近黄昏”，也见证了笼罩着那个时代的斜阳缓缓坠下。

也许要到多年以后，她才蓦然醒悟，意识到那只不过是一个王朝的回光返照而已。可在当时，她是如此快乐，快乐得没有时间去感伤，她最青春的年华，恰逢这个朝代最繁华的时期，两者交织在一起，交相辉映，让每一个日子都镀上了金光。

那是她一生中的流金岁月，她吟诗、填词，和闺中密友们一起出游、逛街、观赏花灯，走遍了东京的名胜之地。

东京几乎是座从不宵禁的城市，元宵节成了大家最看重的节日。每逢正月十五，天上的月亮和地上的灯火将整个东京化成了一座不夜城。这一晚，女伴们早早就来相邀，清照却一定要打扮得十分漂亮才会出门。她是个对时尚相当敏感的少女，到东京没多久，就已经熟悉了这里的风尚，元宵节的这天，她的着装十分隆重，帽子插上了鲜明的翠羽，两侧还垂着金丝捻成的雪柳，在一群争奇斗艳的少女中格外引人注目。

只有这样的盛装打扮，方能算得上不负青春不负美吧。对于这次的元宵夜游，她一直念念不忘，甚至当她年华老去后，仍然记得这个晚上的每一个细节，细致到戴了什么帽子、穿了什么衣服都记忆犹新，所以才会在后来的词中怀念地写道："中州盛日，闺门多暇，记得偏重三五。铺翠冠儿，捻金雪柳，簇带争济楚。"

往昔让她怀念的，不只有元宵盛日，更有那雅会佳集，酒朋诗侣。李格非交游广阔，有竹堂终日谈笑有鸿儒，往来无白丁。在父亲的默许甚至鼓励下，李清照小小年纪就参加了这样的雅集，一开始，她也许只是个聆听者，听着长辈们高谈阔论，渐渐地，她逐渐参与了进来，在聚会上崭露头角。

这不禁让人想起东晋时的才女谢道韫，她因称雪“未若柳絮因风起”，被称为“咏絮才”。谢道韫和李清照一样，都是成名于闺中，两者也常常被相提并论。东晋尚清谈，谢道韫正是以谈锋和辩才出众的。到了李清照所在的年代，流行的是以作品扬名。

清照当年，便是以诗文称于当时的，传说中她的诗作一落笔，就在京城文人圈内争相传诵。除了她的文才出众外，也离不开时人的揄扬。这其中，晁补之居功甚伟。晁补之是苏门四学士之一，同为苏门弟子，素来与李格非交好。

他和清照，虽无师生之名，却有师生之谊。在清照很小的时候，他应该就指点过她作诗，并对其大加赞扬。晁补之的鉴赏眼光非常独到，比如他曾称许秦观的词句“斜阳外，归鸦万点，流水绕孤村”，说即便是不识字的人，也知道这是“天生好言语”。由此可见，作为一个鉴赏家，他对清照的揄扬，不仅仅因为她是故人之女，而是惊叹于她与生俱来的才华。

清照对自己的年少成名也颇为得意，曾在诗中说：“学诗三十年，缄口不求知。谁遣好奇士，相逢说项斯。”项斯是晚唐诗人，原本寂寂无名，直到诗人杨敬之“到处逢人说项斯”，方名声大振。清照以项斯自比，是说自己本无心闻达于世，只因文人墨客们广加宣扬才为人所知。

这当然是自谦的说法。清照并不是那种孤芳自赏的闺阁文人，脂粉群中从来不乏才女，可大多数女子写作诗文都只是为了自娱自乐，顶多给家人看看，不愿意让作品流传出去。清照不一样，她和以男性为主导的文人圈子一直保持着密切的互动，并试图争取世人的认可。不然的话，她也不会在十七岁时，主动写出两首唱和张耒的咏史诗来。

张耒，字文潜，也是苏门四学士之一。他写的《读中兴颂碑》在当时是广为传颂的名作，全诗如下：

玉环妖血无人扫，渔阳马厌长安草。
潼关战骨高于山，万里君王蜀中老。
金戈铁马从西来，郭公凛凛英雄才。
举旗为风偃为雨，洒扫九庙无尘埃。
元功高名谁与纪，风雅不继骚人死。
水部胸中星斗文，太师笔下蛟龙字。
天遣二子传将来，高山十丈磨苍崖。
谁持此碑入我室，使我一见昏眸开。
百年废兴增叹慨，当时数子今安在。
君不见荒凉浯水弃不收，时有游人打碑卖。

张耒的这首诗，是读了《浯溪中兴颂碑》后所作的，这段碑文是中唐时元结在唐肃宗平了叛乱后所作，又由书法家颜真卿亲笔将颂文写在浯溪碑石上。全诗对唐明皇宠爱杨贵妃导致“安史之乱”进行了谴责，同时歌颂了郭子仪等中兴唐室的赫赫战功。写这首诗时，宋徽宗刚刚即位，当即召还了苏轼等旧党，也许新君上位给人们带来了“中兴”的希望，所以张耒写的这首诗才一纸风行，连黄庭坚等人都广为唱和。

唱和的人群中，便有李清照。她当时仅仅是个十七岁的少女，读了张耒的原诗后却不禁热血沸腾，当即和诗两首，这里仅录其一：

浯溪中兴颂碑和张文潜（其一）

五十年功如电扫，华清宫柳咸阳草。
五坊供奉斗鸡儿，酒肉堆中不知老。
胡兵忽自天上来，逆胡亦是奸雄才。
勤政楼前走胡马，珠翠踏尽香尘埃。
何为出战辄披靡，传置荔枝多马死。
尧功舜德本如天，安用区区纪文字。
著碑铭德真陋哉，乃令神鬼磨山崖。
子仪光弼不自猜，天心悔祸人心开。

夏商有鉴当深戒，简册汗青今俱在。

君不见当时张说最多机，虽生已被姚崇卖。

咏史诗贵在求异翻新，借古讽今。两相对比，我们不难发现，少女李清照的和诗，居然在深刻和新奇的程度上超过了张耒的原作。两诗在构句遣词方面势均力敌，可清照的史识明显要高出张耒一筹。张耒此作，中规中矩，所发议论不过是红颜亡国之类的老生常谈，清照之作，却敢于自出机杼，翻出新篇。

诗中，她并没有停留在歌功颂德的层面，而是剑指叛乱之源，对所谓的“中兴”进行了冷静的反思。至少有两点表明了她的见识非凡：其一，她认为张耒津津乐道的刻碑之举完全是画蛇添足，郭子仪和李光弼的功德自会留名青史，何须磨崖记载；其二，她指出郭、李二公之所以能平复战乱，是因为二者同心，其利断金。

联想起北宋末年新旧党争的局面，不得不让人佩服清照的卓越见解，若臣子们同声同气，而不是视对方为仇寇，也许北宋尚不至于覆灭得如此之快。

真难想象，如此大气磅礴的诗句，居然出自一位年仅十七岁的小女子！少女清照，凭借这两首诗让父辈文人们为之刮目相看，也初次显露了她在创作上的野心——她并不满足于称雄于闺阁，而是要走出去，和男儿们比肩。

正是这份野心成就了她，自古至今，那么多有才华的女子都湮没无闻了，李清照这个名字却历久弥新，很大一部分原因是她看重自己的才华，珍视自己的才华。

雏凤清于老凤声。清照这只雏凤，已经在京都一鸣惊人，在遥远的将来，她还将飞出闺阁，飞向更加广阔而自由的天地。

绿肥红瘦

在古人眼里，诗和词的功用是不一样的，诗言志，词抒情，诗之境阔，词之境深。兼作诗词的李清照恰好体现了“诗庄词媚”的传统，她的诗全无一分脂粉气，她的词却清丽婉约，极是当行本色。

清照的词作，在宋时被奉为“婉约词宗”。词这种文体，本来就以刻画女子的相思离愁为长，在她之前，多是男儿们为女子代言，本是大丈夫，强做女儿态，难免有些矫揉造作。而在清照的笔下，由女儿家亲自来写女儿态、女儿意、女儿情，自然体物入微，曲尽其妙。

成就清照词女之名的，是两首作于少时的《如梦令》，一首是前面所说的“常记溪亭日暮”，另一首则是更加广为传颂的“咏海棠”。

那是一个暮春的早晨，她从醉意蒙眬中醒来，顾不上自己还昏昏沉沉，就关心起园中海棠花的模样来，侍女告诉她一切照旧。她对侍女的回答不以为然，于是挥笔写下了这首小令：

如梦令

昨夜雨疏风骤，浓睡不消残酒。试问卷帘人，却道海棠依旧。知否？知否？应是绿肥红瘦。

这首小令写得明白如话，浑如天籁，就像她的老师晁补之评价秦观词所说的那样，哪怕是不识字的人，也看得出这是天生的好言语。

此词妙在何处？

妙处之一自然是用语尖新，“绿肥红瘦”四字造语新奇，可见她年纪虽小，已深具炼字之功。每个文人都有自己偏爱的字眼，清照特别喜欢在词中用“瘦”字，而且每每用得十分传神，为她赢得了“李三瘦”的美名。

“三瘦”分别指的是“帘卷西风，人比黄花瘦”“新来瘦，非干病酒，不是悲秋”，以及“绿肥红瘦”。

这三瘦中最为人称道的还是“绿肥红瘦”，若说人比黄花瘦，只不过是以人来比花，还算寻常，绿肥红瘦，却是以花来比人，一个瘦字，道尽了海棠经雨之后的支离零落。一绿一红，一肥一瘦，对比之下，更见海棠的楚楚可怜。

此语一出，就如倚天出鞘，普天之下，谁与争锋！那些见惯了陈词滥句的评论家自然为“绿肥红瘦”四个字惊艳不已，据记载，当时文士莫不击节称赏，大加称赞李清照的用语之新，炼字之奇。

妙处之二也是诸多文人难以比拟的，那就是词的结构。这首小令不过三十三个字，词的主体是以对话构成的，有问答，有转折，还有联想，可以说是短篇中藏无数曲折了。

如果说用语和结构还是可以借鉴的，可填词人那种女儿家的口吻却是诸位文豪决计模仿不了的。此词最妙的地方，在于塑造了一个敏感多情的贵族少女形象，和她相对的，则是那粗心的侍女。因为多情，她才会问帘外海棠的状况，因为敏感，她才会察觉到已是红消香减，一问一答之间尽显二人不同的性格，问者情多，答者意淡。“知否？知否？”二句，纯是小儿女的情态，可以说是声口毕肖，让人仿佛听到了千百年前那个女孩子的婉转娇音。

清照此词，其实脱胎于两首唐诗。一是孟浩然的《春晓》：“春眠不觉晓，处处闻啼鸟。夜来风雨声，花落知多少。”一是韩偓的《懒起》：“昨夜三更雨，今朝一阵寒。海棠花在否？侧卧卷帘看。”

可同样是伤春惜芳的题材，由不同性别的人写来，风味还是全然不同的。清照的词比起两位男性诗人的诗来，最大的特点是更为细腻入微。诗词鉴赏家刘逸生认为，李清照作为词人最杰出的地方，恰恰在于她开辟了词坛中的“微观世界”，她能从极微细处写出人物，传出感情，文心之细，是前人所未曾到过的，也是后人不容易学步的。

落花本是寻常物，唯有她才能够捕捉到“绿肥红瘦”的细节。绿肥红瘦，不单是惜花，更是自怜，春花将尽，红颜易老，帘外海棠，帘里佳人，更能消几番风雨。

能写出这样的词句来，说明清照已经告别了天真无邪的懵懂时期，长成了一位早慧善感的少女。所谓长大，也许就是从初识愁滋味开始的吧。不过这个阶段的愁，还仅仅是独处闺中的闲愁，是蜜一样的清愁，与其说是“愁”，倒不如说是惆怅，淡淡的怅惘，淡淡的寂寞，连愁苦也是淡淡的。

古时的闺中女子，固然偶尔可以出门游玩，可大多数时候活动范围还是仅限于闺阁之中的。可以想象，正是贪玩的年纪，却要将青春年华禁锢在深深庭院之中，未免会觉得苦闷。尤其是像清照这样生性活泼的少女，长日无事，难免会滋生出几分闲愁来。尤其是暮春时节，尤其是梅雨天气，淡烟疏雨落花天，最易让人触景伤情。她少女时期那些散发着淡淡愁绪的词，就大多作于雨天，比如下面这首《浣溪沙》：

> 淡荡春光寒食天，玉炉沉水袅残烟，梦回山枕隐花钿。
> 海燕未来人斗草，江梅已过柳生绵，黄昏疏雨湿秋千。

这样的词，一看就出自少女之手，而且必定是个养尊处优的贵族小姐，因为字里行间，自然有富贵气象流露。

富贵气象从来不是镂金刻玉可以堆砌出来的，相传，宋初名相晏殊在看了李庆孙的《富贵曲》后，其中有一句："轴装曲谱金书字，树记花名玉篆牌。"他很不以为然地评价说，这是"乞儿相"，写这诗的人一定不懂得什么是真正的富贵。

那晏殊眼里真正的富贵是什么呢？他认为重在气象，如他自己词中所写的"梨花院落溶溶月，柳絮池塘淡淡风"，这样的景致，穷人家是不会有的。可见富贵气象，一是闲，二是雅，只有暴发户才会用金、玉之类的字眼来堆砌。

清照这首词，就是一派富贵气象。词中出现的意象，如残烟袅袅的香炉、做工精美的山枕，以及被细雨打湿的秋千架，无一处不精美，无一处不考究，可以想见，生活在这样环境中的女孩儿，平常过着怎样悠闲高雅的生活。

词中写到了"斗草"，可见写于少女时代。从唐代开始，女孩子们便流行斗百草的游戏，到了宋时余风未衰，晏殊词里就写过“巧笑东邻女伴，采桑径里逢迎。疑怪昨宵春梦好，元是今朝斗草赢，笑从双脸生。”斗草的形式多样，其中一种是以花草名相对，比如“狗尾草”对“鸡冠花”，“益母草”对“宜男花”等。

晏殊词中的斗草少女是欢乐的，清照笔下的斗草少女则多了几分寂寞。斗草已结束了，女伴们也都已归家，只留下她一个人在自家的庭院里，看着夜色逐渐降临，细雨将秋千一点点染湿。全词没有一个“愁”字，却自然能感受到一缕轻愁从词中逸出。

此词中的末句，“黄昏疏雨湿秋千”堪称点睛之笔，一个“湿”字，又是其中的词眼。前人评价说，可以与“细雨湿流光”“波底夕阳红湿”中的“湿”字争胜。清照确实工于炼字，仅着一“湿”字，就写出了一位少女的伤春情怀，黄昏疏雨，打湿的何止是秋千，还有少女那多愁善感的心。

在另一首大约作于同一时期的《浣溪沙》中，这种闺中的闲愁和独处的寂寞描绘得更为直露：

小院闲窗春色深，重帘未卷影沉沉。倚楼无语理瑶琴。

远岫出云催薄暮，细风吹雨弄轻阴。梨花欲谢恐难禁。

又是一个下雨天，春色已深，重帘未卷，百无聊赖的女主人公坐在高楼之上，独自抚琴远眺。远处峰峦渐渐被层云遮蔽，已是黄昏时节，偏偏又下起雨来，那园子里的梨花，怕是难禁这风藉雨揉了。

词中出现了独自抚琴的场景，琴在诗词中是一个特殊的意象，它不仅仅是一件乐器，更暗含着寻求知音之意，钟子期和俞伯牙就是以琴相知，才有了高山流水的佳话。

瑶琴易得，知音难求。词中的女子并无听众，只能对着远山高楼抚琴。她正当二八年华，却无人做伴，只能够借琴声来诉说“锦瑟年华谁与度”的寂寥。梨花开得那么好，可惜就要谢了，她的青春再好，可惜无人做伴。是伤春，还是怀春？在词中浑然一体，难以分辨。

“欲将心事付瑶琴，知音少，弦断有谁听。”

这也许是她独自抚琴时的心声。和所有情窦初开的少女一样，她盼望着会有那么一个人，能听懂自己的弦外之意。

其实这个时候的清照，已经文名远扬，“文章落纸，人争传之”，“绿肥红瘦”这样的奇句，更是惊艳了整个汴京。

可这一切，并不足以化解闺中少女的寂寞，她需要的，是一个真正的知音，一个能听懂她心曲的人。

幸运的是，不久之后，她真的遇到了这样的知音。

第二卷

点绛唇

绣面芙蓉一笑开

芝芙佳梦

清照待字闺中时，才名已传遍东京。一首《如梦令》，折服了无数骚客才子。“绿肥红瘦”四个字，更是人人称为绝唱。

宋朝人是十分爱才的，这从他们对婚姻的态度就可见一斑。宋朝人择婿，最看重的不是门第，而是才华，由此还形成了“榜下捉婿”的风气。指的是每逢发榜之日，各地富绅们一起出动，争相挑选登第士子做女婿，那情形，简直可以用“抢”字来形容，为此还闹出过不少抢错亲的笑话。

同样，有才华的女子也备受关注，尤其是清照这样身负绝世才华的。在今天，我们很难想象，一个人会因一行诗、一句词而对素不相识的作者神魂颠倒，在古代，这却并不稀奇，那是一个流淌着诗意的时代，人们往往会先爱上那些动人的诗词，进而再爱上背后的作者。

唐朝的崔护，就因随笔题下的“人面桃花相映红”之句，引得只见过他一面的陌生少女相思成灾，从而结下了一段“桃花缘”。清照的姻缘，也是从她写下“绿肥红瘦”这咏海棠的千古名句时就埋下了伏笔，或许我们也可以称之为“海棠缘”。

“绿肥红瘦”，奠定了清照的词女之名。恰恰是在这不久之后，一个和她素未谋面的太学生，就做了一个美丽至极的白日梦：

有一天，这位太学生白天午睡，做了一个奇怪的梦，梦中他读到一本书，醒来后只记得三句了。百思不得其解的他将那三句话抄下，拿去给父亲看。那三句话分别是：言与司合，安上已脱，芝芙草拔。他父亲看了后，略微思索了一下，就开心地大笑说：“我的孩儿将要娶一名能文词妇了。”并耐心地向儿子解释：言与司合，是“词”字；安上已脱，是“女”字，芝芙草拔，是“之夫”二字。四个字连起来，不正是“词女之夫”吗？

这是元代伊世珍所著《琅嬛记》中所记载的一则故事，并美其名曰“芝芙梦”。此书多是小说家言，不足为信，可这则故事相当深入人心，因为人们宁愿选择性地相信，故事里的主人公，和他心心念念的那位“词女”，就是一对天作之合的璧人。

与其说这是一场离奇的白日梦，倒不如说是场精心营造的相思梦。造梦的主角，自然是这位太学生了，他为了迎娶心中的那位词女，编织出了一场“芝芙梦”。当父亲自以为机智地揭露出谜底时，却正中了儿子的下怀——他正是要父亲说破他的心事，才好光明正大地向梦里佳人提亲。

梦可能是假的，他对这位“词女”的钟情却没有掺半分假。

放眼整个汴京，能够无愧于“词女”这个称号的，自然非清照莫属。显然，他为之魂牵梦萦的词女就是清照，而这个太学生，自然就是赵明诚了。

太学，是宋时的最高学府，也是朝廷的后备人才库。宋徽宗赵佶上台后，扩充太学，同时废除科举，人才全由学校选拔，太学一时达到了极盛。太学生分为上舍、内舍、外舍三等，其中上舍学生经过考试，可直接授予官职，一般都授予京官。

赵明诚能考入太学，一来是由于出身显赫，二来也离不开他的天资聪颖和后天努力。他是当朝高官赵挺之的第三位公子，赵挺之是山东密州人，时任吏部员外郎，有出色的政治才华，短短几年内就从地方官升任到吏部要职，在官场上正有“好风凭借力，送我上青云”之势，属于锐意革新的改革派即新党一派。

出生在锦绣堆里的赵明诚，并没有一般纨绔子弟的作风。和父亲赵挺之不一样的是，他对仕途并没什么兴趣，而是醉心于金石碑刻。有宋一代对金石拓本的收藏风气十分浓厚，一代文宗欧阳修就曾利用职务之便，收藏了上千件金石器物，并写成了《集古录》一书，使这一风尚更加流行了。

受此影响，年轻的太学生赵明诚，从小就具有强烈的“金石癖”。父亲赵挺之在徐州为官时，他就从当地收集了两块古代碑刻，当时他年仅九岁。十七八岁时，他已因藏物丰富、鉴赏眼光独到而在汴京的文物收藏圈子中享有一定的名声了。他的姨父，也是著名诗人陈师道在外地为官时，都不忘为这个外甥搜罗藏物，曾多次致函，为他提供当地碑刻的线索。

赵明诚在太学就读时，恰好清照的父亲李格非正在担任太学正，堂哥李迥也在太学入读。李格非素来是以女儿才学为荣的，可以想见，在他们的宣扬下，也许赵明诚久闻李清照这位才女的大名了。

有关赵明诚是如何倾心于李清照的，有众多美丽的传说，其中有个版本尤为动人：

清照及笄之后，到了待嫁的年龄。汴京的公子哥儿们慕才女之名，纷纷托媒人前来说亲。可清照是个有主见的少女，她想用一种特殊的方式为自己择婿。于是，她将自己写的两首词（分别是《如梦令（常记溪亭日暮）》和《忆王孙（湖上风来波浩渺）》）放进一个精心编织的锦囊中，郑重地托继母交给父亲。

父亲李格非猜出了女儿“以词择婿”的想法，便将这个锦囊带到了太学。太学，正是英才聚集之地，在这中间很有可能为女儿选一名称心如意的乘龙快婿。这两首词很快就在太学生中传开了，大宋的精英学子们纷纷惊叹不已，称赞二词写得倜傥有丈夫气，有人以为肯定出自东坡之手，有人猜测只能是得道的仙人才有可能写出这样飘逸的词句来。

唯有赵明诚力排众议，私下对清照的堂哥李迥说：“词中的心境纤微幽隐，非女子不能道也。填词的不是一位词仙，而是一位词中女豪！”李迥暗自服膺，便将二词为堂妹所作和盘托出。

自那以后，赵明诚便倾慕于这位“词女”的才华，留心收集她写的所有作品，这比他爱好已久的金石文物还更有吸引力。这一收集，他便沉醉于其中，越来越难以自拔了。他读她的词读得越多，就越忍不住赞叹，该是一位怎样心思玲珑的女子，才能写出那么多精妙绝伦的词来！

读其词，想见其人。幸运的是，这位女子还和他生于同代，他的内心深处，一定盼望着能和这位佳人见上一面，看看是否人如其词。

传说赵明诚和李清照曾偶遇于相国寺。相国寺是北宋有名的皇家寺庙，达官贵人们常携内眷在此烧香礼佛，每逢元宵之时，更是灯火通明，彻夜不灭。一年元宵，当清照随继母到相国寺赏灯时，恰好赵明诚也经过此地。“满堂兮美人，忽独与余兮目成”，在众多华衣丽服的女子中，赵明诚独独注意到了站立于诗牌旁边的清照，衣着淡雅的她正在虔诚上香，香烟缭绕在她周围，将她清丽的容颜衬托得有如谪仙下凡。因恰好站在诗牌之旁，赵明诚差点产生了错觉，总以为这位少女便是误入凡间的“诗仙”。

后来，在李迥的巧妙安排下，他又见过她一面，才知道那位在相国寺偶遇的“诗仙”，原来就是他闻名已久的才女清照。

这段相遇描绘得非常美，“锦囊择婿”“偶遇诗仙”，都是才子佳人小说中常见的桥段。作者在叙述这段经历时一定加入了自己的想象，这样的想象，算是合理想象，并不是凭空捏造的。

真实的情况可能是，赵明诚也许未必在相国寺偶遇过李清照，可一定是久闻李清照的大名了。

李清照的才名，随着“绿肥红瘦”的横空出世，早轰动了北宋的文人圈，他不可能没有听过她的名字，也不可能没有读过那些词作。

他对清照的好感，很有可能在那时已经萌芽。她的影子，潜伏在她的词句中，一天比一天鲜活。他仿佛看见她和一群少女划着莲舟，“争渡，争渡，惊起一滩鸥鹭”，是如此的活泼明媚；又仿佛看见她对着远山暮云，“倚楼无语理瑶琴”，是那样的闲愁万种；她时而豪气干云，纵论时事，敢于直斥“著碑铭德真陋哉，乃令神鬼磨山崖”；时而又伤春惜花，叹惜雨后海棠“应是绿肥红瘦”……

这样的一个女子，确实值得他梦为之牵，魂为之萦。当他到了适婚年龄，父亲赵挺之为他择偶时，他马上就想到了她。所以才有了那个美妙至极的“芝芙梦”，父亲读懂了儿子的巧妙心思，也乐意成全他。不管是对于赵明诚还是赵家来说，能够娶到李清照这样的名门淑女，都是足以引以为豪的。

对赵家的提亲，李格非也是乐意的。虽然他和赵挺之两人派系不同，但新旧党争那时还未如后面那般激烈，他们都是山东老乡，也同在朝廷为官，官阶职位相近，家庭条件也相当，如此门当户对，能够结为儿女亲家，自然是件锦上添花的好事。

不过，和李格非的态度相比，更重要的是李清照的态度。很显然，她可不是个任人摆布的柔弱小姐，婚姻嫁娶这样的大事，做父亲的也得尊重女儿的意见。

倚门回首

唐宋时女子的婚姻，其实是带有一定的自主性的。女孩子不仅仅是等待着被挑选，她们往往也拥有挑选夫婿的权利，尤其是在达官贵人之家。

唐玄宗时宰相李林甫非常疼爱女儿，当他六个女儿到了适婚年龄时，他就在家中客厅的墙壁上开了一个窗口，窗框上镶嵌着珠宝，整个窗口用绛红色半透明的绢纱罩起来，客厅内的人可以看见外面，外面的人却看不见里面。

这就是李家发明的“选婿窗”，每当有官宦子弟来访时，李家的女儿们就能够透过“选婿窗”观察来客，从中挑选出如意郎君。李林甫口蜜腹剑，被称为“奸相”，可待女儿确实是拳拳父爱，“林甫千金女，宝窗选婿时”也一时成为佳话。

“帘后选婿”成了很多人爱用的招数，晚唐时宰相郑畋有女当婚，此女爱慕诗人罗隐的才华，不时诵读他所作的咏史诗。郑畋本就赏识罗隐，于是想撮合他和女儿，便请了罗隐来做客，让女儿在纱帘后观看他。结果一看之下，郑女发现罗隐长相丑陋，同从诗中得到的印象完全相反，从此后就对他深为厌恶，不仅拒绝了这门亲事，而且连他的诗也不愿意再吟诵了。

这两桩事例均表明，在女子婚配时，开明的家长会尊重她们的意见。

到了宋朝，仍然延续了这种风气，不少家长在为女儿选夫婿时，会充分考虑她们的意愿。南宋理学家徐侨有个族姐徐氏，父母在世时为她择婿，她总能找到理由拒绝。父亲病故后，母亲让她嫁给表哥，她却明确表态说："我不愿意做富人的妻子。"

更有甚者，由于眼光太高，宁愿选择独身。宋朝大儒程颢的女儿知书达理，人人称道，但一直没有嫁人，活到二十五岁就去世了。她去世后，叔叔程颐撰文悼念说："尝有所议，不忍使之闻知，盖度其不屑也。"就是说，也有人上门提亲，但大家都知道一般人根本入不了他这位侄女的眼，所以不好意思去自讨没趣。

风气如此，可以推测，当赵家托媒人上门求亲后，以李格非的民主作风，肯定会征询女儿的意见。清照从父亲和堂哥李迥的口中，已隐约得知赵明诚才学出众，人品儒雅。这些都是可以打听到的，但有一件事必须目睹才能算眼见为真——那就是这位上门提亲的赵公子，究竟长得如何？

机会很快来了，恰好这位赵公子，也想验证一下在寺庙诗牌下所见到的“诗仙”，到底是不是自己闻名已久的词女。他和李迥本是同学，找个借口登门拜访不是什么难事。于是，在一个暮春之日，李家的花园里，就闯进了这样一位“不速之客”。

关于和这位“不速之客”的邂逅，清照在一首《点绛唇》中刻画得十分传神：

蹴罢秋千，起来慵整纤纤手。露浓花瘦，薄汗沾衣透。

见客入来，袜刬金钗溜。和羞走，倚门回首，却把青梅嗅。

词的主角大多为女性，男性词人常常是描绘他们眼里的女性，出现在他们笔下的女子，往往美则美矣，并无灵魂，清照却不一样，她描绘的就是她自己。就拿这首小令来说，她用一支纤秾之笔，绘就了一幅最生动不过的少女剪影。这幅剪影并不呆板，而是流动的、变幻的，有点像电影蒙太奇的手法，将词中少女每一个细微的动作、每一点微妙的心理变化都描绘得栩栩如生。

那是一个暮春的清晨，太阳才刚刚升起，花朵上的露珠仍然在莹莹滚动。我们活泼贪玩的女主人公，已经来到花园里，荡了好一阵儿秋千了。

荡秋千是古代女孩子们喜爱的闺中游戏，被称为“秋千戏”，清照也不例外。古人荡起秋千来是讲究时节的，荡秋千和蹴鞠一样，都是暮春季节必要进行的一种游戏。这时候，严冬早已经过去，万物生长春光烂漫，少年们忙着蹴鞠，少女们则荡起了秋千。荡秋千宜在春日花间，心灵手巧的女孩儿还会在秋千架上饰以盛开的鲜花，“濛濛百花里，罗绮竞秋千”，是多么绝妙的场景。

荡秋千和蹴鞠一样，都是少年人独有的特权。清照是爱秋千戏的，她早期的词作中，不止一次出现过秋千的意象。那架轻轻摇荡的秋千架，见证了她飞扬的青春。当秋千越荡越高时，她才能感觉到自己挣脱了层层束缚，变得身轻如燕，那是人在少年时才能体会到的轻盈。

在这首词中，她已经荡完秋千了，出现在我们面前的这位少女，是娇慵的、懒散的，浑身都散发着暮春时节的慵懒情绪。光从“慵整”这两个字，我们就可以推测出她刚刚荡秋千时是如何尽兴的。

为了享受在风中飞扬的感觉，她早早就换上了轻薄的春衫，可即使如此，还是由于费力过多而香汗淋漓，弄湿了身上的罗衣。“纤纤手”“沾衣透”绘出了一个娇娇怯怯的少女形象，这不算什么，其他词人也常常这样写，可“露浓花瘦”四个字，却并不是一般词人能够写出来的。

清照真是善于用“瘦”字，露浓花瘦，几乎可以与“绿肥红瘦”相媲美。这四个字妙就妙在一语双关，园中缀满露珠的鲜花，不正像薄汗沾衣透的清照一样，正是“露浓花瘦”吗？

她正在拭汗，这时候，忽然听见家仆报有客来访，家里闯进了一位不速之客，感受到来客灼灼的目光，她连忙起身回避，因走得太急，连鞋子也忘了穿，只穿着袜子就跑掉了，又因跑得太快，连发髻上的金钗也掉了下来。

请注意此处的用词，“和羞走”，究竟是什么样的客人，会让她如此羞赧，急急忙忙地跑开呢？清照本是位落落大方的名门小姐，日常也曾和晁补之、张耒这样的前辈们谈诗论文，如果是普通的来客，她大可敛衽问好，从容应对。但看她此刻的神情，除了惊慌之外，更多的是娇羞。

她为何如此羞涩？应该和来客的身份有关。

在此，我们不妨大胆地推测一下，这位清早就来访的客人，很有可能就是赵明诚。她已耳闻他的求亲意向，出于女孩子的矜持，一听是他来访，自然会羞得连忙躲避。可她又不愿意放弃这个难得见面的机会，跑到门边又频频回头，为怕被客人看穿心事，只得使了个小伎俩，“却把青梅嗅”。

好一个“却把青梅嗅”，少女的娇羞之态，跃然纸上，那略带着酸涩的青梅，恰好是一颗初识情滋味的少女心的象征，酸里透着甜，不正是初恋的味道吗？千载之后，学者詹安泰读了后也忍不住击节称赞：“女儿情态，曲曲绘出，非易安不能为此。求之宋人，未见其匹，耆卿（柳永）、美成（周邦彦）尚隔一尘。”

其实，和那首著名的《如梦令（昨夜雨疏风骤）》一样，这首词的词意也化用自韩偓，他的七绝《遇见》写道：“秋千打困解罗裙，指点醍醐索一尊。见客入来和笑走，手搓梅子映中门。”

可见清照对韩偓的诗偏爱之深，但她的过人之处，在于点铁成金。韩偓诗中的女子“见客入来和笑走，手搓梅子映中门”未免有几分轻薄，怎及得清照笔下“和羞走”“倚门嗅青梅”的女孩儿那般娇羞顽皮，脉脉含情？

如果来客真的是赵明诚的话，这真的称得上是一次绝美的邂逅了。邂逅之美，就美在不期而遇，如果是事先约定的话，他就没法看到她含羞跑开的样子了，虽然有些狼狈，却是那样真实可爱。而她呢，骤然见到了那个对她倾慕已久的人，眼前人是意中人，四目相投之间，彼此都是既惊又喜。

这种猜测并不是空穴来风，结缡前的清照和明诚，也许不仅见过面，可能还有过美好的约会，有词为证：

浣溪沙·闺情

绣面芙蓉一笑开，斜飞宝鸭衬香腮，眼波才动被人猜。

一面风情深有韵，半笺娇恨寄幽怀，月移花影约重来。

这首《浣溪沙·闺情》，写的分明就是男女幽会的情景。所谓“月移花影约重来”，熟悉《西厢记》的读者都知道，这是在沿用崔莺莺和张生约会的典故。莺莺对张生情动，托红娘带给他一首自己写的诗，诗中说：“待月西厢下，迎风户半开。拂墙花影动，疑是玉人来。”自此以后，“月移花影”就成了男女欢会的独特隐语。

很多人质疑这首词不是清照写的，因为他们无法想象，身为大家闺秀的清照，词中怎么会出现男女私会的场面呢？甚至有人凭空揣测，将之附会成清照和他人私会的艳词。

其实，只要把词中的密会者替换成赵明诚，所有疑惑就迎刃而解了。试想一下，一个是翩翩少年郎，一个是窈窕美少女，都是情窦初开的年龄，既然已经定了亲，议了媒，偶尔背着家人幽会不是很正常吗？那些质疑清照不会写出此词的人，是由于他们早已将她奉为心中女神，女神是圣洁的，容不得一丝一毫越礼之举，可真实的清照，是一个有着丰富情感需求的女子，也许并不那么完美，却是活生生、有血有肉的。她的行为，又岂是礼教能够束缚得住的。

“月上柳梢头，人约黄昏后”，对于热恋中的男女来说，没有什么比相约花前月下更浪漫的事了。囿于当时的森严礼教，他们不得不选择偷偷幽会，这突破禁忌的见面，由于难得，更是让人心旌摇荡。

词中的少女，活脱脱一副沉醉于爱情中的模样，摹写娇态，曲尽如画。可即便是沉醉于爱情中，她仍然不失大家闺秀的本色，清人吴衡照评价：易安“眼波才动被人猜”，矜持得妙；淑真“娇痴不怕人猜”，放诞得妙，均善于言情。

同样是幽会，清照是和名正言顺的未婚夫相见，心中再喜悦，表面上仍然是矜持的；朱淑真却疑似是和婚外的情人密会，“娇痴不怕人猜，和衣睡倒人怀”，多了份不管不顾的放诞。

词是爱情的文学，情之一物，对于普通女子来说也许只是锦上添花的奢侈品，对于一个填词的女子来说却是不可或缺的。初次品尝到爱情的甜美和酸涩，清照的词中从此以后多了一种特殊的滋味，那种滋味叫作缠绵。若是去除掉这种滋味，整部《漱玉词》将如同没有盐的开水，只剩下索然无味。

教郎比看

人世间最幸福的事，莫过于有情人终成眷属。宋徽宗建中靖国元年（公元1101年），正值青春的李清照披上了嫁衣，嫁给了大她三岁的赵明诚。

这一年，她才十八岁，正是锦瑟年华，虽然如此年轻，早已负才女之名，又嫁得了可意的郎君，世间称心如意，可以说莫过于此了。

宋代的婚礼相当典雅隆重，有着浓浓的仪式感。婚礼前夕，新娘的家人会亲赴新郎家挂帐，铺设被褥之类，称为“铺房”。婚礼当天，新郎会选一个好时辰，带着迎亲队伍亲自去迎娶新娘。新娘在催妆乐中出了家门，花轿一路抬到夫家，还不能立即进门，必须经过拦门、撒谷豆、跨马鞍等多种程序。

新人拜过天地后，才送入洞房。接下来，就是大家熟悉的喝交杯酒了，女伴手拿双杯，分别交给新郎、新娘，以红绿同心结系在杯底，行合卺礼，即交换酒杯而饮。行了合卺礼后，还要再行合髻礼，新郎、新娘并坐，男左女右，各以头发少许合梳为髻；合髻，又称结发。这种结发的仪式，寓有吉意，表示以二合一，寄托着夫妇今后白头偕老，同生死、共命运的良好愿望。

婚礼的礼节如此繁缛，更让两个成亲的年轻人觉得美满的婚姻是如此来之不易，从而激起他们对婚姻的珍重之心。

赵明诚和李清照的婚礼一定轰动了当时的汴京，可以想象，凭赵挺之和李格非的声望，一定有数不清的名流贵客前来庆贺。许多人慕名而来，也许只是为了在婚宴上一睹新娘子的芳容。他们好奇着，这位十五六岁就才名冠东京的才女究竟长得什么样，他们也期待着，这对男才女貌的有情人能够长长久久，白头到老。

这对新人没有辜负人们的期望，李清照和赵明诚的婚姻，不挑剔地说应该算十分美满了。他们满足了人们对佳偶天成的所有想象，论家世，两人门当户对；论才学，两人旗鼓相当；论容貌，两人正相颉颃；最重要的是，他们还心心相印，两情相悦。尤其是新婚燕尔时，他们更是你侬我侬，卿卿我我。

对于清照来说，喜结良缘不仅意味着可以和意中人光明正大地长相厮守了，还意味着她从此可以名正言顺地在词中大旨言情了。一个待字闺中的少女，抒发起对爱情的憧憬来，不得不遮掩三分，可一旦嫁为人妇，就可以抛去这层顾忌了。

小乔初嫁后，沉浸在幸福中的清照开始在词中大肆抒发新婚的甜蜜与美好，如这首《减字木兰花》：

卖花担上，买得一枝春欲放。泪染轻匀，犹带彤霞晓露痕。

怕郎猜道，奴面不如花面好，云鬓斜簪，徒要教郎比并看。

宋代的东京是一个四时花开不断的城市，城中万花烂漫，牡丹、芍药、棣棠、木香种种上市，卖花者用马头竹篮挑着花儿，叫卖声回荡在大街小巷，成了一道曼妙的风景。

又是一个春天到了，这个春天，因为有了郎君的陪伴，显得更加的明媚可人了。这天早上，她在花农卖花的担子上精心选了一枝盛开的梅花，花朵上还带着点点露珠，将花色衬托得艳如朝霞。这枝盛放在春天里的红梅是如此美丽，以至于她心里有点忐忑：如此娇艳动人的花朵，会不会将我的容貌比下去？很快她又恢复了信心，故意将梅花斜斜插在云鬓之上，又特意唤来郎君，一定要他说清楚：到底是花儿美，还是我美？

她并不是第一个问这个问题的人，肯定也不会是最后一个。早在唐宣宗时，就有一首无名作者所写的《菩萨蛮》，描写的是类似的情境："牡丹含露真珠颗，美人折向庭前过。含笑问檀郎，花强妾貌强？檀郎故相恼，须道花枝好。一向发娇嗔，碎挼花打人。”

从唐至宋，或者说从古至今，这些恋爱中的女人为什么一定要和花儿争芳斗艳呢？那并不是因为嫉妒，而是为了证明，在郎君心目中，她就是独一无二的，再美的花儿也取代不了。

清照的词里没有写赵明诚是如何回答的，可以设想一下，他或许会温柔地微笑着，回答说：春花再美也比不上你的笑；或许会像《菩萨蛮》中的那位檀郎一样，故意逗她说“花比人美”，惹得她嗔怒不已，也要学那位美人一样“碎挼花打人”了。其实他怎么回答并不要紧，哪怕他笑而不语，她内心一定也满是欢喜，因为在她问出问题那一刻，早已经确信：在他的心目中，她一定是最美的。

清照到底长得如何？这恐怕要成为一个千古之谜了。那时没有摄影技术，她唯一留下来的一幅画像，也被许多人质疑是后人伪作。就算画像是真的，也未必能绘出她的风神韵致。王安石早就说过了，“意态由来画不成”，真正的美人，从来都是在神不在貌的，以当时的画像水准，如何能画出她百分之一的神韵。

可千百年来，喜爱清照的读者们总是相信，她一定长得很美，因为她在词中给人的印象就是如此。其实清照很少描写自己的容貌，顶多是写写衣饰、身姿，几乎没有细节上的描写，可我们还是能从她的词里，领略到她的绝代风华。

就像这首《减字木兰花》，通篇根本没有出现过“美人”这样的字眼，可字里行间无一不显示，这位斜簪梅花的女子一定是位美人，而且是位相当自信的美人，所以才敢与花儿比美。

在没有摄像机的时代，清照用一首首精美绝伦的词作，为自己绘下了一帧帧传神写照的自画像。每一首词，都是一帧形神毕肖的小像。摄像机只能记录下一个人的样子，就算是录影机，刻录的也只不过是一个人的动态，诗词就不一样了，词为心声，清照的词里，不仅仅有着她的轻颦浅笑，一举一动，还藏着她全部的情感和灵魂。

千载之后，我们读她的词，仍然能够感受到其中有一个洁净美好的灵魂呼之欲出。这样的女子，一定是像张潮在《幽梦影》中所描绘的那样，“所谓美人者，以花为貌，以鸟为声，以月为神，以柳为态，以玉为骨，以冰雪为肤，以秋水为姿，以诗词为心”。如果说前面几点还比较容易达到，说到“以诗词为心”，也只有清照这般的才华横溢才能够得上这个标准了。

清照的美，美在活色生香，读她的词，仿佛仍能够见到她流转的眼波，听到她的盈盈笑语。她是在备受宠爱的环境中长大的，较好地保持了自己的天性。幼时父母对她疼爱有加，嫁给赵明诚后，夫君恰好又是她的仰慕者，满心爱慕她的才华，懂得欣赏她的独特。他对她，是充分包容甚至有些纵容的。她活泼的个性，一旦有了爱人的纵容，便越发飞扬恣肆起来。

于是我们欣喜地看到，待字闺中的清照还尚如一枝含苞欲放的蓓蕾，结缡之后，这枝蓓蕾便如乍逢雨露阳光，徐徐绽放开来，吐露着芬芳。

她的性子，用现代学者蒋勋的话来说，是有点“野”的。这个野，并不是粗野，而是指不那么循规蹈矩。不同于那些一本正经的端庄淑女，清照是有几分俏皮的，她喜欢在夫君面前撒娇，也喜欢和夫君开些无伤大雅的玩笑。上文提到的《减字木兰花》显示了她娇嗔的一面，下面这首《丑奴儿》则表现了她风情的一面：

丑奴儿·夏意

晚来一阵风兼雨，洗尽炎光。理罢笙簧，却对菱花淡淡妆。

绛绡缕薄冰肌莹，雪腻酥香。笑语檀郎：今夜纱橱枕簟凉。

此时已是由春入夏了，新人之间的感情也越发亲厚了。就在这个仲夏的傍晚，天公作美，下了场阵雨，一扫连日来的闷热，让人的心情也随之变得舒畅。词中的女主人公就在这个仲夏夜款款登场了，她先是吹了一曲笙歌，然后又对着镜子梳妆起来。给自己化完晚妆后，她换上了一袭轻薄的红绡衣，隐隐可见衣中肌肤如雪。

读到这里可能有点奇怪了，都大晚上了的，她为何还如此精心打扮？谜底在最后一句揭晓，她对她的郎君，笑意盈盈地说道：刚下了场雨，今天晚上的竹席应该会有些冰凉了！

直到这时，我们才恍然大悟，她的对镜梳妆、晚来更衣，原来都是为了诱惑她的夫君，前面那么多举动，都是为了她最后说的这句话在做铺垫。这话暗示得太明显了，简直就是明示。

词写得如此香艳大胆，仿佛有暧昧的空气在流动，难怪有些一本正经的卫道士批判此词“浅显直露，格调不高”，他们甚至矢口否认此词是清照所作，认为她不可能写出这样的“艳词”来。

这首词确实写得浅显直露，可浅显直露之作，就一定是格调不高吗？说这话的人，一定不懂什么叫作闺房情调。

说到闺房情调，不得不提起与此相关的一个小故事。西汉的京兆尹张敞，酷爱为夫人画眉，而且画得非常妩媚，有好事者居然以此事参奏张敞，皇帝就问张敞有没有此事，张敞坦然答道：“我听说闺房之内，夫妻亲昵的事情，有甚于画眉者。”

清照此词，描写的就是“甚于画眉”的闺房之乐，全词写得委曲婉转，令人心旌摇荡，试想一下，对着她的软语挑逗，她的郎君一定会神为之夺、魂为之夺吧。

夫妻之间调情取笑，在现代人看来再正常不过了。可在相对保守的宋代人眼里，一个女子作出这样的艳词称得上离经叛道。和她同时代的王灼就如此说她：“作长短句能曲折尽人意，轻巧尖新，姿态百出，闾巷荒淫之语，肆意落笔，自古缙绅之家能文妇女，未见如此无顾藉也。”

他显然有些言重了，可有一点他说得对，清照的独特之处，就在于行文从来都无所顾忌。她无所顾忌地抒发着自己的感情，无所顾忌地记录着夫妇之间的闺房情趣，这样的肆意率真，正是她的本色所在。可与同时代的“淑女”们相比，她未免显得太过大胆也太过前卫了。

好在随着时间的流逝，人们越来越懂得欣赏她的前卫和大胆了。近代词学名家龙榆生就用“风流蕴藉”来形容她，这个风流，是风韵、风情的意思，和个人作风无关。曹雪芹笔下的林黛玉，也是“身体面庞虽怯弱不胜，却有一段自然的风流态度”。

黛玉之风流，是少女的天然风韵，清照之风流，却是少妇的娇媚风情。清照比黛玉幸运的是，她嫁给了自己心心念念的意中人，从今往后，她的万种风情，自有人细细领略了。

知己夫妻

寻常夫妻，倘若两情相悦，就已经算是理想婚姻了。可清照是个才女，满身的诗人气质，她对爱情、婚姻肯定有着更多的憧憬，期望婚姻在相濡以沫之外，还能有着灵魂上的相知相惜。

上天确实垂青于她，真的满足了她所有的憧憬，赵明诚之于她，不仅是夫君，还是朋友，是知己，用现代的话来说，他们既是结发夫妻，又是灵魂伴侣。

这无疑是十分难得的。自古才女多薄命，这个薄命，一是由于心气太高，二是由于遇人不淑。心气高可以说是薄命的源头，才华过人的女子难免会眼高于顶，瞧不上一般人，可天下的男子大多是庸碌之辈，所以难免会产生所嫁是庸人的感叹。

只要纵观一下历史，就会发现，那些人们常常拿来和清照对比的才女，婚姻基本都是不幸的。

谢道韫就是头一个发出这类感叹的才女。道韫系出名门，是东晋名相谢安的侄女，《晋书》中说她“风韵超迈，姿才秀远”，以一女子而有林下风气，被称为女中名士。就是这样一个才女，却嫁给了王凝之那样的丈夫。谢王联姻，本是门当户对，奈何王凝之不学无术，又笃信五斗道，整天在家设坛问道。

谢道韫很瞧不上他，一次回娘家时对叔叔谢安叹道：“谢家满门才俊，叔父辈有谢安、谢据，兄弟中有谢韶、谢朗、谢玄、谢渊，个个都很出色，没想到天地间，还有王郎这样的人！”她的原话是“不意天壤之间，乃有王郎”，言下之意是，这个丈夫和她的兄弟叔伯一比，简直是天上地下。从此后，“天壤王郎之叹”就成了女子所嫁非人的隐语了。后来有人叛乱，王凝之果然靠不住，连敌人来袭时也只知求神拜佛，结果被一刀杀了。道韫因勇于反抗令乱党心生敬重，带着小外孙活了下来，晚景却颇为凄凉。

稍晚于谢道韫的蔡文姬，也是一代才女，对前文还有印象的读者应该还记得，宋人曾经将清照父女比作文姬父女，称“中郎有女堪传业”。蔡文姬身逢战乱，匈奴入侵时被左贤王掠走，被迫嫁给匈奴人，并生育了两个孩子。后来曹操顾念与她父亲蔡邕的交情，花重金将她赎回，并安排她嫁给了董祀。

这个结局，被评价为苦尽甘来。可只要读读她的《胡笳十八拍》，就会发现，读到的并不是一个女人的苦尽甘来，而是一个母亲的肝肠寸断，她终于回归故国了，付出的代价却是和自己的骨肉永久离别，“今别子兮归故乡，旧怨平兮新怨长”，从此山高水长，再难相见，她的余生，恐怕也只能生活在心碎之中了。

另一个常常用来和清照相提并论的才女是朱淑真，她生于南宋的一个官宦之家，自幼聪明颖慧，饱读诗书，可惜嫁给了一个小吏，夫妻之间志趣不合，一生都郁郁不得志，最后抑郁早死。据说她死前，父母将她的生前文稿付之一炬，后人将其流传在外的作品辑为《断肠集》。

朱淑真在爱情方面是很坎坷的，有说她和丈夫不和，早已在无爱的婚姻中出轨，也有说她被丈夫休弃回家，后来才另觅爱人，但可惜的是，她和这位情人并未善始善终，还是落得以分手告终。她的早逝，离不开感情上的备受打击。朱淑真父母恨诗词误了女儿终身，她自己也将一生的多舛归结于舞文弄墨，曾作《自责》二首，诗中说：

其一

女子弄文诚可罪，那堪咏月更吟风。磨穿铁砚非吾事，绣折金针却有功。

其二

闷无消遣只看诗，不见诗中话别离。添得情怀转萧索，始知伶俐不如痴。

对比之下才会发现，清照实在是深得上天厚爱。她不用悲叹“始知伶俐不如痴”，因为她嫁的那个人正是因为她的伶俐，才对她青眼有加的。这份伶俐和才气，不仅没有阻碍她婚后的美满如意，反而给她的婚姻生活增添了无尽的情趣。

赵明诚和李清照这对夫妇历来为人称羡，明代江之淮就在《古今女史》卷一中说：“自古夫妇擅朋友之胜，从来未有如李易安与赵德甫者，佳人才子，千古绝唱。”所谓“夫妇擅朋友之胜”，也就是说他们志趣相投，习气相近。这比男女之间的情投意合更为难得，再热烈的感情也难免有冷却的一天，唯有共同的兴趣、精神的一致才更禁得起时间的考验。

对诗词文学的醉心以及对金石文物的癖好是他们相知相爱的基础，构成了他们最重要的感情纽带。赵明诚素来酷爱古碑石刻，小小年纪就立下了“尽天下古文奇字之志”，对金石文物的搜集到了成瘾的地步。

巧的是，清照恰好也有这方面的爱好。关于她的“金石癖”，还曾有过这样一个小故事：

那时清照还未出嫁，有一年清明前，姨母给她做了一件漂亮的裙衫，让她在清明踏青时穿。清明那天，她穿着手工精巧的春衫去逛书市，突然被地摊上的一本书吸引住了，那是一本古色古香的书，书皮上以篆体写着《古金石考》，正是她梦寐以求的古书。她问卖书的老者能不能卖给自己，老者对她说，这书至少得要银子三十两。可清照当时身上只带了十几两银子，眼看着天色渐暗，她灵机一动，对老者说：你先等等，我马上就来。半个时辰后，她仅仅穿着一件内衬的单衣出现在老者面前，将三十两银子交到了他手里，老者这才知道，原来这个姑娘为了买书，不惜典当了身上华美的新衣。

人们津津乐道于这个故事，因为故事中清照的举动，恰好符合他们对这位才女的期待——只爱华衣美服的那是庸脂俗粉，愿意典裙买书的才是高出流俗的才女。故事也许是杜撰的，可清照那份爱书成痴的劲儿却是真的，“典裙买书”的传说，在她和明诚结缡后很快成了现实，为了购买碑文石刻，她真的不惜将贵重的衣物质押给当铺。

关于这一段生活，清照在《〈金石录〉后序》中有这样一段描写：

余建中辛巳，始归赵氏，时先君作礼部员外郎，丞相时作吏部侍郎，侯年二十一，在太学作学生。赵、李族寒，素贫俭。每朔望谒告出，质衣取半千钱，步入相国寺，市碑文果实归，相对展玩咀嚼，自谓葛天氏之民也。

从文中可知，清照初嫁赵明诚时，他还是个尚未做官的太学生，没有什么收入，纯靠双方父母资助。赵、李两家在京城也算不得什么大富之家，一直维持着清贫俭朴的作风。尽管没什么经济来源，赵明诚却不改对金石文物的痴心。这可是项烧钱的爱好，那么所需的资金从哪里来呢？

身为一个太学生，赵明诚只有在每个月的初一、十五才能回家一趟，每当这个时候，他和清照就去当铺典当衣物，换来五百来钱，然后结伴去大相国寺购买文物。

读过《水浒传》的人肯定对大相国寺印象深刻，那正是花和尚鲁智深倒拔垂杨柳的地方。大相国寺既是京城最大的寺庙，也是一个繁华的集市，“伎巧百工列肆，罔不有集；四方珍异之物，悉萃其间”。这里荟萃了从全国各地聚集来的书籍、古玩、字画，形成了一个文物交易市场，每月逢八及初一、十五开放，吸引了无数文物爱好者，文豪苏轼、大画家米芾都是这里的常客。

相对这些一掷千金的豪客，赵明诚和李清照就只不过是一对不起眼的常客了，他们通过典当能拿出来的钱十分微薄，只能费尽心思一样样慢慢挑选，希望能淘到物超所值的宝贝。这对醉心文物的小夫妻，就曾因为囊中羞涩错过了喜爱的字画而怅恨不已。有一次，有人拿着南唐著名画家徐熙的《牡丹图》向他们兜售，要价二十万。对这幅《牡丹图》，他们喜爱得不得了，特意将画借回去连着欣赏了两个晚上。可惜二十万的要价远远超出了他们的承受能力，虽多方筹措，还是无能为力，最后只得恋恋不舍地将画还了回去。夫妻两人相对感叹了数日。

尽管买不起什么稀世奇珍，可这并没有减少他们赏玩文物的乐趣。有趣的是，他们购买金石字画时，常常也不忘购买一点时鲜果子，然后再迫不及待地带着心爱之物回到家里，一边展玩古物，一边品尝果子，从中得到了无限的快乐。

清照常自谓“葛天氏之民”，葛天氏是上古传说中的帝王，相传在他的治理下，民风淳朴，百姓安居乐业。清照以上古帝王之民自比，是说自己也像他们一样，不追求功名利禄，只渴望恬静闲逸的生活。

显然，这是一对把精神旨趣看得比什么都重要的夫妻，虽然日子过得清贫点，他们仍不改其乐。

赵明诚能尽兴搜集天下古玩文物，离不开清照的大力支持。她毫无保留地支持他，倾其所有地帮助他，这不仅仅是因为她爱他，更是出于她对他的理解。换作别的贪慕荣华的女子，一定没法理解赵明诚的志趣，可清照能理解，因为她和他本来就是一类人，精神生活对他们的吸引力，要远远超过物质享受。

有了这份理解，才有了长达数十年的相知相惜、相爱相守，才让他们迥别于普通的寻常夫妻，成了才子佳人的千古典范。从他们之后，“夫妇擅朋友之胜”的婚姻模式成了人们心目中最理想的婚姻，元代的赵孟頫和管仲姬、清代的沈复和陈芸，乃至现代的钱锺书和杨绛，这些备受赞誉的美满姻缘，都是这一婚姻模式的不断重演。

清照能赢得“千古第一才女”的美名，才华横溢固然是主因，美满的婚姻也给她增添了不少光彩。赵明诚之于清照，就像荷西之于三毛、钱锺书之于杨绛的意义一样重大。如果将清照比作北宋词坛的织女星座，那么赵明诚就是与她遥遥相对的牛郎星座，彼此独立，而又相互辉映。牛郎织女一年只得一会，他们却能朝夕相处，这对地上的知己夫妻，毫无疑问还要胜过天上的寂寞双星了。

花间共赏

清照与明诚结缡那年，正值宋徽宗为帝，他们的婚姻可以说是和徽宗朝的兴亡相始终的。

徽宗名赵佶，“轻佻”是历史书写者对他共有的评价。这个后来亡了大宋江山的帝王，是政治上的失败者，却是文化上的胜利者。他面貌清癯，风采超群，诗词、歌赋、书画、吹弹等无一不精，是少有的艺术上的天才和全才，书法方面，他自创一手“瘦金体”，瘦劲爽利，侧锋如兰竹；绘画方面，他最工花鸟，富丽精工，人称“院体”，他还创立了翰林书画院，还曾亲自出题，令画家们以“踏花归去马蹄香”等为题作画。

在这位才子皇帝的推波助澜下，有宋一代的文化越发往着精致典丽一路发展。徽宗是个典型的享乐型皇帝，凡是公子哥儿们喜欢的风流雅事他没有不喜欢的，而且喜欢到了痴迷的程度。艺术造诣极高的他可谓将江南园林搬到北方的第一人，为了建造皇家园林艮岳，徽宗在苏州设置了一个叫应奉局的专门机构，专门在江浙一带搜罗奇花异木、嶙峋美石。花石到手后，多经水路运河，千里迢迢，运往京城汴京，十船一组，称作一“纲”，这就是著名的“花石纲”。

上有所好，下必甚焉。徽宗在位期间，北宋士大夫圈子中那种醉心文艺、沉迷于宴饮享乐的风气达到了极致。潮流如此，清照和明诚也难免被卷入其中，他们对金石碑刻的痴迷之深，对诗酒琴书的酷爱之极，对郊游雅会的兴致之浓，都能够看到时代风尚的影响。

清照少女时就喜爱游山玩水，曾和伙伴们畅游溪亭、莲湖，出嫁之后，有了意中人的陪伴，自然更要肆意出游一番了。北宋园林盛极一时，清照父亲李格非所作的《洛阳名园记》中，就列出了二十一处园林。汴京作为四京之首，更是拥有数不清的名园胜迹，其中金明池、琼林馆就是最为闻名的皇家园林。

大约在新婚一周年的时候，清照曾和明诚有过一次绮陌游赏，足迹遍布郊外名胜之地：

庆清朝慢

禁幄低张，雕栏巧护，就中独占残春。容华淡伫，绰约俱见天真。待得群花过后，一番风露晓妆新。妖娆艳态，妒风笑月，长殢东君。

东城边，南陌上，正日烘池馆，竞走香轮。绮筵散日，谁人可继芳尘？更好明光宫里，几枝先近日边匀。金尊倒，拚了画烛，不管黄昏。

此词结构新奇，上片写花事，下片写赏况，描述春花盛开之时，东城南陌之处，词人与同游者对花倾觞，自朝至暮直到秉烛而兴致未减的情景。

清照的词常常可以当成风物志来看，从中可以看到宋时的风物习俗，尤其是她早期的词，连缀起来俨然就是一部琳琅满目的“东京风物志”。

这首词里，记载的就是汴京人郊游赏花的盛况，从中可以了解到当年的风俗。唐宋时候的人是非常热爱郊游的，尤其是春暖花开之时，士女百姓纷纷到郊外游玩。唐朝开元天宝年间，士女们常相约做伴，由家人用马车载帐幕、餐具、酒器及食品等，到郊外游宴。游玩到一定的时间，他们便选择适当的地方，以草地为席，四周插上竹竿，再将裙子连接起来挂于竹竿，便是临时的饮宴幕帐，女子们在其中设宴聚餐。时人称为“裙幄宴”，相当雅致有趣。

宋代更是将唐朝的这种风俗进一步发展，宋时的清明节又称踏青节，清明前二日正好是寒食节，加起来一共放假七日，恰好形成了一个度假的“黄金周”，正是举国欢庆、全民踏青的好时节。这点孟元老在《东京梦华录》中有过详细记载：“都城人出郊……四野如市，往往就芳树之下，或园囿之间，罗列杯盘，互相劝酬。都城之歌儿舞女，遍满园亭，抵暮而归……缓入都门，斜阳御柳；醉归院落，明月梨花……”

这点从清照的词作中可见一斑，词中的人们通宵达旦，饮酒赏花，将每一个花开的日子都过出了狂欢的气氛。

词中虽未点明所咏之花为何花，但从“就中独占残春”和“绰约俱见天真”等句来看，应该咏叹的是春末时盛开的芍药花。《本草纲目》中说过，“芍药，犹绰约”，在春天的百花中，芍药开得最晚，所以又称为“婪尾春”，婪尾即末尾的意思。

此词咏芍药而不露芍药，深具不着一字尽得风流之妙。更为巧妙的是，清照在描摹芍药风姿绰约、容华淡伫的娇态时，同时将多种芍药的名字都嵌入了其中。宋代王观的《扬州芍药谱》中，将芍药分为上中下品，其中“素妆残”是中品，“积娇红”“妒鹅黄”“醉娇红”均是上品之花，“晓妆新”则是上品中的上品。

清照将花名化用得不着痕迹，可见她对芍药花名实在是谙熟于胸。金庸小说中的段誉生于大理，说起茶花谱来可谓头头是道，什么眼儿媚、抓破美人脸、落第秀才、十八学士之类，说得曼陀山庄的王夫人甘拜下风。段公子洋洋洒洒说了数千言，怎及得稍晚于他的才女清照仅用了寥寥数十个字，就说尽了芍药的品格和风韵。

苏轼曾有诗云，“多谢花工怜寂寞，尚留芍药殿春风”，等到芍药开过，也就是东风无力、百花凋残的时节了，正因如此，这朵“婪尾春”才赢得了更多的惋惜和赞叹。

为了尽情观赏这暮春时节最后的名花，爱花的人们先是乘着香车宝马来到郊外，东城边、南陌上，尽日都是赏花看花的游人，车如流水马如龙，享尽了绮筵佳宴。到了薄暮时分，士女们还是不尽兴，于是来到了华美的御花园中，与皇家贵人们一同观赏那雕栏之中的芍药。暮色渐深，为了不辜负这宫中名花的娇娆艳态，人们一边烧起了明烛，一边对着芍药倾杯举觞，直喝得玉山倾倒，醉意酩酊，哪管那黄昏就要到来。

且向花前醉，花作有情香。这样的举动，是如此美好，而又如此伤感，太美的事物总是让人无端感到忧愁。宋朝人有种耽溺的情绪，他们总是不由自主地耽溺于美，耽溺于情，耽溺于伤感。这方面他们没有唐朝人那么洒脱，对美好的事物总是深陷其中，无法自拔，易谢的鲜花寄托着他们的这种美之耽溺，一代文宗欧阳修曾对着满庭盛开的花儿感叹道：“我要这花开到永远！”连豪迈的苏轼也曾有过“只恐夜深花睡去，故烧高烛照红妆”的痴情之举。

身为一个女子，清照的爱花惜花，更是超过了欧阳修和苏轼。所幸她生活的汴京恰好是一个四时鲜花不断的花城，每逢春时，万花烂漫，牡丹、芍药、棣棠、木香等种种上市，卖花人用马头竹篮装着一篮篮的春色，叫卖之声清奇可听。夏秋时，有三秋桂子，十里荷花。到了冬天，梅花遍开，整个京城宛如香雪海。

在众香国里，宋人最爱梅花的暗香幽韵，凌寒独开，京城因此也栽植了许多名贵梅花。黄庭坚《山谷诗序》里曾说："京洛间有一种花，香气似梅花，亦五出，而不能品名，类女工燃蜡所成，京洛人因谓蜡梅。"

清照伉俪应该也欣赏过这种刚刚引入京城不久的名花，她的词作中就有一首咏蜡梅的：

渔家傲

雪里已知春信至，寒梅点缀琼枝腻。香脸半开娇旖旎，当庭际，玉人浴出新妆洗。

造化可能偏有意，故教明月玲珑地。共赏金尊沉绿蚁，莫辞醉，此花不与群花比。

贯穿她一生的咏梅词，当从此首《渔家傲》开始。"香脸半开”“玉人浴出”，她笔下的蜡梅，多么像一位妩媚的少妇，是何等的得天独厚，本来已占尽春光之先，又有明月特地来相照，造化对梅花的偏爱，恰如上天对清照的垂青。“此花不与群花比”，这样傲视群芳的宣言，只有她才有资格说出来。

花即人，人即花，清照的咏花词并不仅仅是写花，更是在以花自况。这在她另一首《鹧鸪天》里也有过体现：

暗淡轻黄体性柔，情疏迹远只香留。何须浅碧轻红色，自是花中第一流。

梅定妒，菊应羞，画栏开处冠中秋。骚人可煞无情思，何事当年不见收。

与桂花相比，她喜爱的梅花和菊花也只得暂时退居其次。桂花既没有艳丽的颜色，也没有娇媚的姿态，它能在百媚千红中独占花魁，凭的是那幽幽一缕香。“自是花中第一流”，是对桂花的赞美，用来形容填词的人也恰如其分。

清照本人，更像她词中梅花与桂花的结合体，“纷吾既有此内美兮，又重之以修能”，内外兼修，秀外慧中。再美的花儿也不如美人可爱，昔日开元天宝年间，太液池有千叶白莲数枝盛开，唐玄宗携杨玉环与臣子们共赏，诸臣纷纷赞叹白莲之美，玄宗却含笑看着玉环道：“争如我解语花（哪里比得上我那如花解语的美人）？”在赵明诚的眼里，新婚的妻子一定也是朵知情识趣的解语花吧，有此花相伴，想必万紫千红都入不了他的眼。

都说易安词喜言愁苦，可结缡前后她所作的词都是欢愉之辞，几乎没有一丝愁苦的情绪，有的只是称心如意、意气风发。这确实是她生命中无比美好的一段时光，宋朝时程朱理学已开始萌芽，万幸她的夫君并不是那种古板迂腐的儒生，而是个性格温润如玉的谦谦君子。他伴她到郊外远足，带她参加亲友间的宴会，当然做得最多的事还是陪她赏花月下，对酒尊前。

花开堪折直须折，莫待无花空折枝。她和她的爱侣诗伴，何尝不知道再美的鲜花终究要萎谢呢，就像一切过于美好的事物都终将要凋谢一样。越是如此，他们越要持酒花间，向名花美酒拼沉醉，透过她那一首首赏花词，我们仿佛听见了他们深情的呼唤：“真美啊，请为我停留！”

美妙的时光总是稍纵即逝的，正因如此，才更加令人留恋。

第三卷

长相思

云中谁寄锦书来

党争之祸

任何人的婚姻都不可能是一帆风顺的，哪怕得天独厚如李清照和赵明诚也是如此。刚刚品尝过新婚的甜蜜之后，他们就迎来了婚姻中的第一次考验，那就是著名的元祐党人碑事件。

事情若要从头说起的话，还得追溯到宋神宗年间的熙宁变法。关于这次变法，我们更熟悉的说法叫作王安石变法。作为变法的主导者，王安石和历史上的锐意改革者一样成了有宋一代争议最大的人物，誉满天下，同时也谤满天下。崇拜他的人称他为“千古一相”，认为他是改革的急先锋，不喜欢他的人却认为北宋的亡国，这位专制的相国要负很大的责任。

孰是孰非，每个人心中自有定论，这场发端于熙宁年间的变法，毫无疑问给国家下了一剂猛药，可惜积弱积病的大宋早已病入膏肓，消受不了这么猛的药劲，结果不但没有起死回生，反而没过多久就一命呜呼了。

随着王安石的上台和专权，朝中的大臣很快分裂为两个派系，也就是新党和旧党。说北宋亡于王安石变法未免言过其实了，但北宋的灭亡，过于激烈的新旧党争确实难辞其咎。他们为了集团的利益相互攻讦，最终加速了北宋的灭亡。

所谓新党，也就是变法派，即我们现在所说的改革派。这一党派以王安石为首，门下有吕惠卿、章惇等。而旧党则是通常所说的保守派，以司马光为首，欧阳修、苏轼、黄庭坚、韩琦等都是反对新政的。

北宋中后期，基本形成了新旧党轮流把持朝政的走马灯式的局面。党争一开始只是由于政见不同，后来渐渐发展成水火不容，新党一得权，马上要将旧党的重臣全部赶出朝廷，旧党上了台，也恨不得置新政党羽于死地。王安石的初心，原本是希望借变法使国富民强，结果却让新政变成了一些势利小人用来攻击政敌的工具。

历史上党争最后的结局总逃不过两败俱伤，朝中不知有多少重臣成了新旧党争的牺牲品。拿旧党一派来说，苏轼的后半生基本就是在贬谪中度过，先是贬到不毛之地的黄州，接着是惠州，最后甚至被贬到了海南这样的化外之地。秦观、黄庭坚都是死于被贬之地。

新党的下场同样悲惨，章惇、吕惠卿等人不仅也有过一再被贬的遭遇，而且落下了千古骂名。新党一派的品行究竟有没有那么不堪是有些存疑的，谁让他们的政敌都是些文坛领袖呢，而历史，从来都是由文人书写的。

新旧党争持续了五十余年，宋神宗年间，王安石两度罢相又被召回，新政时兴时废，百姓们无所适从。一代名相王安石，最后因变法无法执行下去郁郁而终。

神宗病逝后，不到十岁的哲宗继位，改元元祐，被称为女中尧舜的高太皇太后垂帘听政，召回司马光主持朝政。当年王安石以执拗的态度锐意推进新政，被称为“拗相公”；后来司马光以同样执拗的态度将新法悉数废除，也得了个“司马牛”的外号。苏轼领导的蜀党在宋哲宗元祐年间权重一时，他本人被封为翰林学士，门下弟子也纷纷被朝廷起用，煊赫的同时却也埋下了日后党争的隐患。这在历史上被称为“元祐更化”。守旧派掌握了政权，他们利用手中的权力对新党进行了一次清洗。

仅仅是八年之后，高太皇太后驾崩，哲宗亲政，大力任用变法派，新党中坚力量相继还朝，重新得势。针对元祐年间旧党的清算，新党利用权力展开了疯狂的倾轧和报复，几年间，旧党被悉数排斥外放。

宋徽宗即位后，先是改元建中靖国，任用曾布为相，主张调和新旧党争。但曾布本为新党，使调和成了一句空话。第二年，徽宗改国号为崇宁，意为“崇尚熙宁”，重用蔡京为宰相，蔡京素来视旧党为仇寇，他上台之后，立即以打击旧党为己任，受创最重的就是曾经得势过的元祐党人。

清照的父亲李格非在苏门的地位不如黄庭坚、秦观那样突出，因此在前面的党争中没有受过太大波及，可这次却难以避免地被卷入了风波之中。

从崇宁元年开始，朝廷先后下诏，清算所谓的元祐党人。此时旧党的核心人物如苏轼已经过世，可新党的报复依然疯狂。朝廷连列了几张元祐党人的黑名单，范围一次比一次大，第一张黑名单中仅有 17 人，李格非排名第 5 位，第二张黑名单扩大到 120 人，李格非在中层官员中排名第 26 位，在蔡京的唆使下，徽宗御笔亲题，刻了一块石碑，将元祐党人的名字刻在上面，将他们一一定为奸党，立碑“扬恶”，连故去的司马光、苏轼也无一幸免。最后蔡京将 309 人列入了元祐党人名单，借此大肆清除异己。

针对碑上所列的元祐党人，朝廷连下了几道诏令，一道比一道严厉，先是勒令元祐党人及其子孙不得在京城居住、做官；后又诏令宗室不得与党碑上所列人物的家族联姻，若是已经定亲但未交换聘礼、聘帖，必须退掉亲事。

在这场严酷的政治斗争中，李格非这次也在劫难逃了。他被罢免了提点京东路刑狱之职，同时按照“元祐党人不得在京差遣”的诏令，他只得携眷离开了汴京。李格非这之后的行踪有两种说法，一种说他带着妻子幼儿回到了章丘明水原籍，还有一种说他被贬到了象郡。象郡地处广西，当时属于不折不扣的南蛮之地。刘克庄《后村诗话》中确实收录了李格非所写的一组诗《初至象郡》，如若不是被贬，他不可能去到如此偏远蛮荒之地，照此看来，李格非被贬象郡的可能性较大。

清照的尴尬之处，在于她正好处在了新旧党争的夹缝之间。她的父亲李格非，是苏轼的学生，毕生以追随东坡先生为荣，将个人命运与东坡先生紧密地联系在了一起。她的公公赵挺之，却隶属于新党的阵营，是个不折不扣的改革派。

当李格非被贬出京城数千里之外时，他的亲家赵挺之却正春风得意，一路扶摇直上。这场纷争中，他是蔡京坚定的支持者和拥护者，在后者的大力推荐下，赵挺之被提升为副相，后来又很快擢升为宰相，而这一切，是以元祐党人的被驱逐为前提的。

形势如此严峻，一下子出乎了清照的意料。她和父亲，都是那种对政治并不太敏感的人，不然的话，也不会在赵挺之携子上门求婚时，不顾双方党派的差别而欣然应允。那时他们可能以为，派系之间的斗争不足以影响到两个家庭的和睦。

事实证明他们还是太天真了，直到父亲被驱逐出京时，清照才认识到政治斗争是如此残酷，她万万没有想到，那些要将父亲赶出京城的人之中，就有自己的公公赵挺之！公公居然罔顾儿女亲家的情分，将政治利益置于人伦情分之上，这是她根本就想象不到，也接受不了的。

对于清照来说，这不啻为一个晴天霹雳。她嫁过来还不到一年，才刚刚享受到燕尔新婚之乐，却不料突遭巨变，眼睁睁地看着父亲一家人被赶出京城，去到那遥远的蛮荒之地，听说那里的人还文身断发、茹毛饮血，这样的地方，哪里能做久居之地呢。

一边是得势的公公，一边是失势的父亲，她到底应该何去何从呢？古时候的女子，有“在家从父、出嫁从夫”之说，嫁出去的女儿如果向着夫家，旁人也会认为理所当然，不会多说什么。何况以一个刚过门不久的儿媳身份，对长辈的所作所为，也不太好妄加干涉。

可别的女人恪守的规矩，不代表清照也会照样恪守。她素来敢作敢为，又和父亲感情深厚，坐视不理、袖手旁观这样的事她是无论如何做不到的。眼看着父亲和继母幼弟都被赶出京城，远贬到南蛮之地，她心急如焚，再也坐不住了，于是想出了一个大胆的主意，她要向公公赵挺之上诗救父！

炙手寒心

清照身为一个女子，没有办法亲自去觐见徽宗，她唯一能想到的办法，就是向公公赵挺之求情，央求他对自己的父亲施以援手。

关于清照上诗救父的事，史料上是有记载的。南宋人张琰在给李格非《洛阳名园记》作序时写道：“女适赵相挺之子，亦能诗。上赵相救其父云‘何况人间父子情’，识者哀之。”

全诗没有保留下来，单从张琰文中所说的这个句子来看，清照给公公所上的诗走的是动之以情的路线，希望他能够看在儿女亲家的情分上，看在自己对父亲的一片孝心上，对自己的父亲李格非网开一面。“何况人间父子情”，写得多么的哀婉动人，哪怕是不相干的人读了，都为之恻然流涕。

那么这首诗打动了赵挺之吗？

答案显然是没有。

赵挺之这个人，和王安石一样也是属于颇有争议的一类人。一方面，他本人才干出众，善于审时度势，因此频频被委以重任，在官场上升迁得很快。另一方面，他个人的品行常常被攻击，苏轼就很瞧不上他，《宋史》上曾有明确记载：

挺之在德州，希意行市易法。黄庭坚监德安镇，谓镇小民贫，不堪诛求。及召试，苏轼曰："挺之聚敛小人，学行无取，岂堪此选。"

在苏轼的眼中，赵挺之就是个只知道搜刮聚敛民脂民膏的小人，学问和道德都一无可取之处。

受苏轼的影响，苏门弟子大多也对赵挺之十分不屑。"苏门六学士"之一的陈师道，恰好和赵挺之是连襟。陈师道家中贫穷，有一次他要参加一次隆重的祭祀活动，正逢天寒地冻，需要一件保暖的皮衣才能御寒，可他家里穷得连件皮衣也买不起。陈师道的妻子无奈，只得向姐姐——也就是赵挺之的夫人求助。姐姐慷慨地借给她一件赵挺之的皮衣，结果皮衣一拿回家，陈师道得知皮衣是赵挺之的，就犯起驴脾气来，宁愿冻死也不愿穿。结果那天太冷，他受了严重的风寒，落得不治身亡。

因为这件事，陈师道成了饿死也不受嗟来之食、冻死也不穿政敌皮衣的典范，时人都称赞他高风亮节。

这样的气节，可能现代人是很难理解得了的，但也可从中看出，赵挺之当时的名声之臭，在这个故事里，他完全是被当成陈师道的反面人物来塑造的。

苏轼和陈师道之所以如此反感赵挺之，政见不合是一个原因，更大的原因可能在于他们不是同一类人，互相都看不上对方。苏轼一系都是文人，而赵挺之是个政客，文人憎恶政客的圆滑，政客也讨厌文人的迂腐。

赵挺之的人品如果真的像苏轼评价的那样恶劣，李格非应该也不会将女儿嫁给他儿子了，只能说双方立场不同。

身为一个出色的政客，赵挺之具有政客的典型特征，在官场上，他左右逢源，在斗争中，他冷酷无情。对他来说，政治利益是高于一切的，如果没有威胁到他的利益，他当然可以和李格非和睦相处，但一旦涉及政治斗争，他就不会考虑什么儿女亲家的情分了。李格非被逐出京时，正好他青云直上，他绝不会为了亲家的去留，来冒断送自己前途的风险。

这样的举动，于理上说得通，于情上却未免太过冷酷了。公公的不加援手彻底惊醒了清照，她这才意识到，自己之前的想法真是太单纯了，任她写出如何动情的诗句来，都打动不了公公。

赵挺之的铁石心肠彻底激怒了清照。如果说这之前她还只是悲哀的话，现在的情绪则变成了悲愤。她并没有因赵挺之的拒绝而沉默，而是在不久之后，又写了首诗给他。全诗已佚，南宋人晁公武在《郡斋读书志》中记载了一个残句："其舅正夫相徽宗朝，李氏尝献诗云，'炙手可热心可寒'。"

第一次献诗时，她对赵挺之还抱有一丝幻想，到了这次献诗时，幻想已经完全破灭了。"炙手可热心可寒"，能写出这样的诗句来，显然已经不是为了央求，而是为了向赵挺之表达自己的愤怒：你权倾天下，炙手可热，所作所为却如此冷酷，让身为儿媳的我心寒到了极点！

事已至此，她的愤怒，已经于事无补，可她就是要将这怒火宣泄出来，甚至不惜借诗来讥讽公公。她的这种举动，也许不够成熟圆滑，显得太过棱角分明，却正是她最可爱的地方。

如果畏畏缩缩、明哲保身，那就不是李清照了。这种敢爱敢恨的鲜明个性，这份不畏权威的胆略和气魄，让她不同于一般的柔弱女子，成了独一无二的李清照。

清照在上诗之前有没有和夫君商量过，这点史书上没有记载。按照常理推测，如果没有赵明诚的默许甚至鼓励，她可能也不会做出如此大胆之举。

赵明诚和父亲赵挺之在精神气质上显然并不相似，他对仕宦没太大的野心，出仕对他来说只是份工作而已，文物收藏才是他致力一生的真正事业。在派系斗争中，他不可能公开站出来反对父亲，但他的情志兴趣，显然是和赵挺之背道而驰的。

私心里，他仰慕苏轼一门的文采风流，从小就非常喜欢搜集苏轼、黄庭坚的字画诗文。崇宁年间，苏轼的诗文一度成为禁书，朝廷曾下令销毁苏轼、苏辙以及秦观、黄庭坚等苏门弟子的诗文集，凡是苏轼题写的碑文石刻，也令全部销毁。即便如此，赵明诚仍然偷偷收集苏轼等人的作品，哪怕只有片语只言，也会细心收藏。

因为这个缘故，那位宁愿冻死也不穿他父亲皮衣的姨父陈师道很喜欢他，有时还特意为他提供碑文石刻的线索，也是因为这个缘故，他的父亲赵挺之很不高兴，为此不大喜欢他。

明诚失欢于父，除了爱搜集苏、黄诗文外，很有可能还因为他对新婚妻子的维护。清照斗胆向赵挺之上诗，并在诗中对他有所讽喻，怕早就因直言放肆而不讨公公欢心了。关键时刻，夫君虽不便为她直接出面顶撞父亲，却通过搜集苏、黄诗文表明了自己和她才是一条心，这对赵挺之来说，几乎就是无声的抗议。

公公的不愿援手让她这个做儿媳的寒透了心，夫君明诚的举动却无异于雪中送炭，给了她精神上的支援。

只可恨形势每况愈下，继父亲被远贬到天涯海角之后，崇宁二年九月，朝廷又下令“诏宗室不得与元祐奸党子孙为婚姻”。

挺之一家并不是皇家宗室，但以挺之在朝中的地位，以及他惯于见风使舵的手腕，有人猜测他可能会借机将清照赶回娘家。

对清照研究颇深的学者陈祖美第一个提出，因受党争株连，清照曾被迫泣离汴京，而“棒打鸳鸯”的正是她得罪了的公公赵挺之。从此，许多学者都沿用了这一说法，谈到清照生平时，总是斩钉截铁地认为她有过被迫离开京城、回到明水原籍的经历。

可从现存史料来看，并没有关于清照早期离开汴京的经历，包括她本人撰写的《〈金石录〉后序》也没有提到这一点。陈祖美的说法可以说是基于情理做出的推测，再合理的推测，也仅仅只是推测而已，我们没必要一口咬定清照被遣送回娘家了。

毕竟，她现在已是赵家儿媳，受娘家株连的可能性不大。而以赵明诚和她的恩爱程度，应该也不会坐视父亲把她从身边赶走。赵挺之再不喜欢这个儿媳，也得考虑到儿子的感受。从前面的表现来看，赵挺之既然愿意尊重儿子的心意，替他迎娶清照过门，至少是个在婚姻上给予儿女较大自由的父亲，何况清照于他的前途无碍，不至于非得将她驱逐出京。

唯一可以肯定的是，从种种史料传说以及清照的词作来看，她和明诚在婚后确实有过或长或短的离别，至于造成离别的原因则众说纷纭。依清照的个性，即使赵挺之没有斥令她出京，她也很有可能负气回明水老家暂住，从而往返于汴京与明水之间。

也就是从这个时候开始，离情别绪来到了她的词中，寂寞少妇无法排遣的离愁取代了少女时代蜜一样的清愁，成了她这一阶段词作的主旋律。

一种相思

从前没有情人节，从前的“情书”却比现在美得多。

结婚一两年后，清照和明诚的“蜜年”也过完了，迎来了感情平稳发展的第二个阶段。在这个阶段里，他们不再像新婚燕尔时那样形影不离，而是时有分离。明诚不时要外出寻访金石文物，清照则牵挂被逐出京的家人，经常也回明水老家小住。

对于刚刚新婚不久的小夫妻来说，世间最让人暗自神伤的滋味莫过于离别了。明诚还好，他有自己的工作和爱好，有一群志同道合的朋友，偶尔外出远游不至于太过放不下。清照就不同了，古时的女子再出色也没有办法走出去立一番事业，她的心思几乎全放在夫君身上，一旦和明诚分离，哪怕只有短短数日，也让她牵挂不已。

寂寞深闺，长日无事，她满腔的柔情蜜意没有去处，只得一一注入词里。清照善于写情，堪称“言情圣手”，初见时的怦然心动、热恋时的娇羞脉脉、新婚时的郎情妾意在她笔下都分外生动，可她写得最好的，还是别后离情——也就是相思。

相思是诗词中最常见的一种情感，豪放不羁如李白，也写过这样情致婉转的句子，“入我相思门，知我相思苦。长相思兮长相忆，短相思兮无穷极，早知如此绊人心，何如当初莫相识”；雄才盖世如辛弃疾，写到思念的人也不禁肝肠寸断，“肠已断，泪难收。相思重上小红楼”。

写相思写得最缠绵入骨、最淋漓尽致的，男有晏几道，女有李清照。这两个人都是天生的情种，小晏就不必说了，这个相府里的公子，上天造他仿佛就是为了历情劫而来的，黄庭坚说他“人百负之而不恨”，不管他喜欢的那些薄情女郎是如何辜负他，他总是痴心不改，“两鬓可怜青，只为相思老”，这句他写的词，可以当成他的自画像，也是他一生诗酒风流的写照。

清照呢，也是上天生成一段痴情，幸好她的意中人并不薄情。可在一起的时候越是两情缱绻，就越是难以忍受分别后的冷冷清清。一部《漱玉词》，倒有半部是相思史。独守空闺的日子里，她写就了一首首相思小令。

古时候没有“情书”这个概念，我们可以把这些写满了离情别绪的词作，看作她写给心上人的情书。

这其中，写得最美的一封情书当是这首《一剪梅》：

红藕香残玉簟秋，轻解罗裳，独上兰舟。云中谁寄锦书来，雁字回时，月满西楼。

花自飘零水自流，一种相思，两处闲愁。此情无计可消除，才下眉头，却上心头。

关于此词，伊士珍在《琅嬛记》中说，清照结缡未久，明诚便要负笈远游，沉浸在新婚甜蜜中的她不忍与夫君分别，于是找了一方锦帕，在上面写下了这首《一剪梅》送给夫君。

陈祖美却认为，“远游”的不是明诚，而是清照。她那时因党争株连，被迫归宁，此词是在明水老家独自泛舟时所写的。而明诚自从太学毕业后就直接在京城做官，任鸿胪少卿一职，并没有离开汴京。这种说法有一定道理，但和清照被遣送出汴京一样，属于合理推测，并不能断定为铁板钉钉的事实。

不管这词是因明诚“负笈远游”还是因清照被迫归宁而写，可以肯定的是，新婚不久后的他们有了一次时间较久的分别，清照此词所写，定是别后相思无疑。

同样是写相思之情，清照并不像李白那样开门见山，一开篇就是“长相思，摧心肝”，她写得很婉转，也很曲折，将闺中思妇那种细微委曲的心情刻画得入木三分。

这就是男性文人和女性文人的不同了，当然，男性文人也有极细腻婉转之作，女性文人也能发出天风海涛之音。与其用男女性别来区分，倒不如用词作风格来划分。宋词风格，大致可以分为豪放和婉约两派，关于两派的不同，昔日苏轼在世时曾问幕中歌者：“我的词比起柳永的词如何？”歌者回答说：“柳郎中（柳永）的词，适合十七八岁的女郎，手执红牙板，歌‘杨柳岸，晓风残月’。学士的词，须关西大汉，铜琵琶，铁绰板，唱‘大江东去’。”

豪放和婉约，既是风格的不同，也是表现手法的不同。作为豪放派的代表，苏轼最大的特点是直抒胸臆，抒发情感是很直接的，婉约派就含蓄得多了，比如清照填词，短短一首词中含有无数层次，句句折，笔笔换，深得曲径通幽之妙。

她一上来，起首并不说如何相思，而是说“红藕香残玉簟秋”，这七个字，恰如陈廷焯评价的那样，“精秀特绝，真不食人间烟火者也”。

词是最精致的文体，精秀特绝则是早期易安词最显著的特点，清照最工修辞，词中通过红藕、玉簟、罗裳、兰舟、锦书、雁字这些精美的意象，展现了她宋词一般的精致生活。一个吞梅嚼雪、宛如仙子般的人物赫然出现在纸间。

清照写相思，是通过画面来展示的。第一幅画面，是红藕已残，秋意渐凉，词中女子“轻解罗裳，独上兰舟”，一个“独”

字，写出了她的无人做伴。第二幅画面，月光洒满了西楼，楼中人仰头凝望远天流云，那天上的雁儿，可曾捎来远方离人的家书？第三幅画面，门前的流水，自顾自地流着，水边的落花，自顾自地飘零着，一种离动的别情，牵动着两处的闲愁。第四幅画面，镜头渐渐拉近，对准了月光下女子的脸，她微蹙的眉头好不容易舒展开来，那离愁，又隐隐缠绕上了心头。

思念这种东西，是由不得自己的，你越是提醒自己不要再思念一个人了，就越无法停止对他的思念。就像清照词中所说的那样，“此情无计可消除，才下眉头，却上心头”。

古人形容两情相悦，喜欢用“缠绵”“缱绻”“绸缪”这样的词语，中文真是一种神奇美妙的语言，缠绵、缱绻这些词语都是绞丝旁，男女之间的感情，不正如绞成一团的丝线，纠缠萦绕，牵连不断吗？

在清照的词中，我们便可以体会到什么叫作悱恻缠绵，什么叫作两情缱绻。她自从得遇良人后，早将万缕情丝都系在了他的身上，就是想解开这情丝，也早已经剪不断、理还乱。

易安词的女性化风格，不仅体现在内容上，还体现在词牌名的选择上。词是用来唱的，不同的词牌名往往音乐风格也不一样，像豪放派词人常用的《满江红》《念奴娇》《浪淘沙》《八声甘州》等，风格明显偏阳刚，适合英雄壮士们在席间高歌一曲。

婉约派词人往往喜欢用风格阴柔的词牌名，如清照就用过《如梦令》《点绛唇》《一剪梅》《眼儿媚》等，光听这些词牌名，就觉得适合二八佳人柔声吟唱。

“才下眉头，却上心头”和范仲淹词中的“都来此事，眉间心上，无计相回避”类似，但正如前人所说的那样，“眉间心上，无计相回避”平铺直叙，“才下眉头，却上心头”却迂回曲折，比较起来，后者更能体现女子那种千回百转的心事。

“女子善怀”，清照伤离之词，大抵都是为了明诚而作，这样一种真挚深刻的情感体验完全发自肺腑，不像范仲淹等男性词人代写闺情，毕竟是隔了一层。

《一剪梅》中的思念之情虽然浓烈，可清照作此词时的心情还是笃定的，她思念着心上人，也相信心上人一定也在思念着她。可随着时局的变迁，原本笃定的她慢慢变得忐忑起来，这种忐忑的情绪在作于崇宁年间的《行香子》一词中展露无遗：

草际鸣蛩，惊落梧桐，正人间天上愁浓。云阶月色，关锁千重。纵浮槎来，浮槎去，不相逢。

星桥鹊驾，经年才见，想离情别恨难穷。牵牛织女，莫是离中，甚霎儿晴，霎儿雨，霎儿风。

在西方情人节还没有传入中国之前，中国人也有自己的“情人节”——七夕。古时候的情侣总喜欢在七夕这天定情，如唐玄宗和杨玉环，就是在七月七日长生殿里，立下了“在天愿作比翼鸟，在地愿为连理枝”的誓言。

清照和明诚这对小夫妻，当郎情妾意、你侬我侬之时，应该也许下过愿生生世世结为夫妻的承诺吧。誓言犹在耳边，转眼就是离别，教人情何以堪。

七夕是牛郎织女相会的日子，传说中这对苦命的情侣只有到了七月七日的晚上，才能在鹊桥上相会，匆匆一晤，又是分离。天上的牛郎织女，隔着云阶月色、茫茫星河不得相会，人间的一对情侣，也因为世事的变幻而分隔两地，人间天上，一样的相思而不得相见。

“霎儿晴，霎儿雨，霎儿风”，最后的结句以天气忽晴忽雨的骤然变化，来隐喻时局风云的急剧动荡。变幻不定的天气什么时候才能放晴呢？没有人可以回答。是以她的心情也像这七夕的天气一样，一会儿晴，一会儿雨，一会儿又刮起了风，满是对未来的担忧。

秦观曾在咏七夕的词中潇洒地说：“两情若是久长时，又岂在朝朝暮暮！”这话说得轻巧，又有几个人能够做到？

对于牛郎织女来说，对于清照和明诚来说，对于千千万万分隔两地的情侣们来说，一年一会根本化解不了他们的相思之情，朝朝暮暮才是他们真正的梦想，他们最盼望的，就是和有情人共度朝夕、长相厮守。

人比花瘦

黯然销魂者，唯别而已。

离情别恨这回事，从来不会因频频分别而习以为常，反而会如春草一样，渐行渐远还生。七夕过后不久，便是重阳了，本来是合家登高、共插茱萸的佳节，可这年的重阳节，清照却是独自度过的。

一个人的重阳节该如何度过呢？她可以赏菊，可再美的菊花也慰藉不了她的相思，也可以饮酒，但再浓的醇酒也冲淡不了她的离愁。百无聊赖之下，她只好填词了，一个人的重阳节，最终成就了史上最销魂的一首重阳词：

醉花阴

薄雾浓云愁永昼，瑞脑销金兽。佳节又重阳，玉枕纱橱，半夜凉初透。

东篱把酒黄昏后，有暗香盈袖。莫道不销魂，帘卷西风，人比黄花瘦。

“薄雾浓云愁永昼”，起首七个字，已经奠定了全词的基调，那就是“愁”。九九重阳之日，原本是一个多么欢乐的节日啊，此时菊已黄，蟹正肥，正宜持蟹赏菊，对酒花间。若在少女时代，清照一定会邀来三五闺中密友，共度此重阳佳节了。

此时她却没有一点呼朋引伴的兴趣，不为别的，只因为她的“檀郎”不在身边。曾几何时，她与她的檀郎，曾经笑语盈盈，共数花朝月夕。如今剩下她一个人独守空闺，再好的节气，也是良辰美景虚设。

她应该也有亲人相伴，不一定是孤单的，却一定是寂寞的。寂寞，往往和思念有关，当思念一个人的时候，才能体会到什么叫作寂寞。

现代有一首流行曲叫作《寂寞让我如此美丽》，寂寞，同样让清照绽放出惊人的美丽来，如果把她的词比作一帧帧自画像的话，其中最传神、最令人过目不忘的就是这幅画于重阳日的小像了。

词中的女子，露给我们的只是一个把酒黄昏后的背影，但从她的居室、衣物与举止可以感知，她是一位养尊处优的贵族女子。

炉中所烧的沉香是“瑞脑”，纱橱中用的是“玉枕”，可见她所处环境之华贵；东篱别酒的雅趣、暗香盈袖的情韵，可见她风神之潇洒和举止之优雅；一句“人比黄花瘦”，可见她背影的玲珑，身材之窈窕，其人淡如菊的气质也可以生动地感知到。

清照在词中很少正面描写自己的容貌，可从此词中可以得知，她是一个瘦美人。唐朝人崇尚丰美，宋朝人则以瘦为美，清照的外表，恰好符合本朝清瘦俊逸的审美风尚，难怪她一再流露出对自己容貌的自信。

“东篱把酒黄昏后”是清照独有的姿态，“人比黄花瘦”则是清照独有的神韵。

这首《醉花阴》正如前人所评价，称得上无一字不秀雅，深情苦调，古今共赏，被无数人当成了易安词的代表作之一。清代谭莹曾作诗咏叹说：“绿肥红瘦语嫣然，人比黄花更可怜。若并诗中论位置，易安居士李青莲。”

李青莲即李白，谭莹将清照在词史上的地位，与李白在诗史上的地位相提并论，可见对她评价之高。这两位同样姓李的大诗人，说起来确实有不少相似之处。

从作品论，都是那种“清水出芙蓉，天然去雕饰”的风格，填词作诗，都有着手成春之妙，名章俊语，络绎间起，光明洞彻，句句动人；从性格论，他们都是那种不失赤子之心的人，是庄子所推崇的“真人”，唯其真实，所以往往有无视礼法的举动；从兴趣看，他们都爱酒、爱花、爱俗世间一切美好的享受，清照东篱把酒的行为，也让人想起李白“花间一壶酒，独酌无相亲”的举动，都是魏晋风度的遗响。

这两个人若生于同一时代，或许能像红拂女和虬髯客那样结为兄妹，一同花间煮酒，举杯对月。

词学名家龙榆生对此词激赏不已，尤其爱结尾三句，“莫道不销魂，帘卷西风，人比黄花瘦”，还特意将之与贺铸的《青玉案》结尾相比较，后者也是千古名句：“试问闲愁都几许？一川烟草，满城风絮，梅子黄时雨。”

龙榆生对比说，两相比较，李词一种娇柔婀娜、惆怅自怜的天然标格，足使读者荡气回肠，比起贺铸的词作更有深一层的韵味。在他看来，清照作词不假任何装饰，只是轻描淡写，而婉转缠绵，揭之无尽，读了令人为之黯然销魂，低回不已。

设想一下，若与之分离的赵明诚读到这阕小令，肯定比其他读者更加黯然销魂吧。毕竟，清照的风流韵度，没有人比他领略得更多。

相传，清照写下这首词后，便托人用一纸花笺寄给了赵明诚。明诚得信后，叹赏之余，不禁起了逞才好胜之心，一心想写出压倒此作的词作来。于是他闭门谢客，一连花了三天三夜，废寝忘食地填了五十首词。填好后，他将这些词和清照寄来的词作夹杂在一起，给朋友陆德夫鉴赏。陆德夫玩味再三后，评价说："只有三句绝佳。"明诚忙问："是哪三句？"陆德夫毫不犹豫地回答说："莫道不销魂，帘卷西风，人比黄花瘦。"此三句正是清照所作。

这个传说的有趣之处就在于，在那个"夫唱妇随"的年代，清照居然凭借其超人的才华，令夫君"妇唱夫随"，结果还不得不甘拜下风。

也有人对这个传说表示了质疑，校注过李清照全集的王学初先生就指出："赵明诚喜金石刻，平生专力于此，不以词章名。《琅嬛记》所引外传，不知何书，殆出自捏造。所云'明诚欲胜之'，必非事实。"

这种质疑是有一定道理的，明诚对清照之才，素来心悦诚服，照说应该不会想着一心要胜过妻子。明诚对清照的欣赏和爱慕，有点类似于《红楼梦》中的宝玉对黛玉那样，大观园中每次举行诗会时，宝玉只盼着林妹妹能夺魁，根本就不在乎自己是否陪了末座。

何况清照此词，本来就不是为了炫才，而是为了寄托相思。明诚读了她的词，必能领会到妻子"便纵有千种风情，更与何人说"的言外之意吧，如果一味争强好胜，那就相当于俏媚眼做给了瞎子看。

明诚在文学才华上虽比不上妻子，但他对清照的意义也是巨大的。没有他的欣赏和包容，清照就只能是活在宋朝的临水照花人，任她如何风华绝代，也只能顾影自怜、孤芳自赏。

正是有了这份相知相惜，才使他们克服了婚姻中的第一次考验。不管是时局的变幻莫测，还是赵挺之的冷漠排斥，都没有将这对小夫妻拆散开来。崇宁年间，他们可能一度有过或长或短的别离，离别不仅没有让他们心生嫌隙，反而坚定了他们要两相厮守的决心。

到了崇宁五年时，政局开始慢慢扭转。这年一月，西方出现了彗星，久久不去，这在古代中国人看来是不祥之物。徽宗大为惶恐，认为这是上天在责怪自己，只好立刻下令毁掉立于朝堂之上的元祐党人碑，并大赦天下，免除了一切党人之禁。许多遭贬谪的苏门弟子被重新起用，如清照的老师晁补之，她与之唱和的师叔张耒等，应该也包括她的父亲李格非。史书上关于李格非的下落没有明确记载，只记录了他在大观二年曾陪人同游济南佛慧山，由此推测他晚年可能返回山东原籍居住了，据宋史记载，他享年约为六十一岁。

父亲的平安归来让清照一直悬着的心终于放了下来，摘下了“奸党子女”的帽子，她终于可以不再为父亲担心，可以放心地和明诚长相厮守了。当她从暂住的明水老家回到汴京赵家那所御赐的宅第里时，心情是比较轻松愉快的，她写于此时的《小重山》中就有这样的词句：“二年三度负东君。归来也，著意过今春。”从父亲被迫离京的崇宁二年到大赦天下的崇宁五年，中间恰好历时两三年，这期间她和夫君聚少离多，中间梅开三度，次次都辜负了美好的春景，此次久别重逢，可以好好享受春光之美与相聚之乐了。

可一波未平，一波又起，没过多久她和明诚又被卷入了纷争。这回出事的是赵家。赵挺之和蔡京曾沆瀣一气，携手将旧党一派悉数赶出京城，当共同的敌人没办法再产生威胁时，他们之间的矛盾开始变得越来越尖锐。赵挺之并不甘于处于蔡京之下，一度与蔡京争雄，在徽宗面前历数其罪状，因天降彗星，一向对蔡京言听计从的徽宗居然真的罢免了这位“奸相”，改用赵挺之为相。

官场斗争是很险恶的，还不到一年，蔡京因其党羽施以援手，很快返回朝廷，重新担任宰相。赵挺之被迫辞去宰相一职，他没有熬过这次打击，罢相五天后，就因病一命归西了，终年六十八岁。

覆巢之下，焉有完卵。赵挺之这棵大树倒了之后，他的子女们就陷入了无所依傍的境地。蔡京连死人也不放过，故意罗织罪名，诬陷赵挺之，说他是元祐宰相刘挚推荐的，理应归入元祐一党，徽宗听信他的话，剥夺了赐给赵挺之的谥号。对他的亲朋故旧，蔡京更是如秋风扫落叶般毫不留情，抄家的抄家，罢官的罢官。明诚兄弟三人全被投入监狱，后因有人替他们说话才洗清冤情出狱。但京官是当不下去了，兄弟仨全被罢免官职，被遣送回山东青州闲居。

清照自然也随夫回青州居住了，这一住，就是十四年。从那以后，她再也没有返回过汴京，那时她可能还想不到，这座曾和她同呼吸、共成长的繁荣城市，将会在一夕之间毁于铁蹄之下。元宵观灯、御苑赏花，这样的繁华热闹已成过眼云烟，也只有在梦中才会出现了。

第四卷

清平乐

赌书消得泼茶香

青州偕隐

塞翁失马，焉知非福。青州十余年，是赵明诚仕途上最消沉、最不顺利的十年，却也是他和清照夫妻间最安逸、最为相得的十年。

田园归隐一直是文人们的梦想，每个中国文人心中都有一个归隐梦。宋人对隐逸文化的推崇是相当突出的，归隐文人的“开山之祖”陶渊明就是在宋朝地位大为提升，多少文人虽身在官场，向往的却是陶渊明笔下那个落英缤纷、芳草鲜美、黄发垂髫并怡然自乐的桃花源。苏轼、辛弃疾都对这位不为五斗米而折腰的东晋诗人相当崇拜，苏轼被贬到海南后，终日以陶诗自遣，还一口气写了许多和陶诗。

北宋初年，就出了一位很有名的隐士叫林逋，四十余岁后隐居西湖，结庐孤山，终身不仕，自称以梅为妻、以鹤为子，可以说是风雅到了极致，成了很多人追慕的偶像。

如此看来，赵明诚被罢免官职、遣回青州倒不算是件特别坏的事情，青州这个地方远离政治中心，刚好可以让这对小夫妻远离官场上的是是非非，潜心一志，去完成他们想做的事。他们退居青州后，用清照的原话来说，“虽处忧患困穷，而志不屈”，这个“忧患困穷”指的是明诚仕途上的失意，但这份失意一点也没改变他们夫妻俩做人的品格和志气。

屏居乡里，对于那些一心要在官场上进取的政客来说可能难以忍受，可对于无意仕宦、恬淡自守的明诚夫妻来说却是适得其所。这十余年间他们过得是很惬意的，一方面，明诚做了一段时间的官，赵挺之也留下了一笔家产，这使他们“仰取俯拾、衣食有余”，可以肆意地购买搜集喜欢的字帖和画作，不再需要像明诚还做太学生时那样典衣换物；另一方面，罢去官职后的明诚有了大量的空闲，也无须再担心被卷入政治风波，时间上、心情上都较为悠闲，可以陪妻子一同吟诗作词、品鉴文物，无意中过上了同时代不少人羡慕至极的隐逸生活。

宋人对理想生活的追求可以用两个字来概括——清雅。要想获得这样的生活，一得清闲，二得高雅。“梅妻鹤子”的林逋只有在宋朝才会备受推崇，若是他生活在唐朝的话，估计不会有这么大的名声。唐人喜欢的是鲜花着锦、烈火烹油式的热闹富贵，宋人追求的却是清逸优雅，那种一味只知道烧钱享乐的生活方式在宋朝是被人看不起的。《事文类聚》中曾记载这样一则逸事：宋代学士陶穀得到了党太尉的家姬，有一次在家中用银铛煮雪的时候，陶穀问她："党太尉家有这样清逸的生活吗？"家姬回答说："他怎么会有这种品位呢，他只知道坐在金帐里，粗豪地喝酒、唱歌罢了。"

明诚和清照隐居青州的这段时光，恰恰可以看成是宋人清雅生活的代表。这对夫妻对感官声色之类的物质享受没有太大兴趣，为支持夫君的收集工作，清照"食去重肉，衣去重彩，首无明珠翡翠之饰，室无涂金刺绣之具"，生活上甘于朴素，收集起书籍、文物来却愿意倾其所有，只要碰到市面上难得的孤本、善本，总会毫不犹豫地购买回来，用作副本。赵家最爱搜集《周易》《左氏传》，因此这两种书的版本最全。

这样的支持对明诚来说是难能可贵的。古时的女子需倚仗丈夫为生，她们共同的心愿是希望丈夫有朝一日能够飞黄腾达，因为她们的命运和丈夫绑在了一起，一荣俱荣，一损俱损。清照却不一样，她并无"望夫成龙"的志向，而是真正理解夫君的志趣，充分支持夫君的爱好，在夫君处于低谷的时候，她用她的柔情和谅解，一点点抚平了他的失意。

受父辈影响，清照自小就仰慕陶渊明，她的老师晁补之退居乡里时曾自号"归来子"，并撰文说："读陶潜《归去来兮辞》，觉已不似而愿师之。买田故缗城，自号归来子。庐舍登览游息之地，一户一牖，皆欲致归去来之意。”也许是从中得到了灵感，当清照和明诚隐居青州时，也将所住的居所命名为“归来堂”。她还给自己取了个雅号叫“易安居士”，同样化用于陶渊明《归去来兮辞》中的名句：“倚南窗以寄傲，审容膝之易安。”意思是居室虽小，也足以安顿身心，寄托情怀，“易安”二字，足以表达她不慕荣利、恬淡自守的高洁情操。

这个远离京城的归来堂，被他们营造成了一方小小的乐土。关于这段生活，清照在《〈金石录〉后序》中有过详细的描述，那时，他们每购买到一本珍贵的书籍，就会一起订正校勘，整理成集。如果所得的是书画或者鼎器，就会一同抚摩把玩，还会不时指出其中的瑕疵。他们每每白天把玩一整天还不尽兴，到了晚上还得点起蜡烛继续赏看，舍不得去睡，为怕太过贪恋只好定下规矩，“夜尽一烛为率”，规定等一根蜡烛燃完了就必须得去休息。如此恋恋不舍，可见鉴赏文物给他们带来的乐趣真是无穷的。

清照自幼好赌，自称于赌博之术无一不精，婚后，她将这种争强好胜的赌博精神带到了他们的婚姻生活中，于是就有了归来堂中这烹茶赌书的一幕：“每饭罢，坐归来堂烹茶，指堆积书史，言某事在某书某卷第几页第几行，以中否角胜负，为饮茶先后，中即举杯大笑，至茶倾覆杯中，反不得饮而起。”

他们饭后煮茶，往往常指着成堆的书籍，看谁能够说出某一件事在某一本书的第几卷、第几页、第几行，说中的就奖一杯茶。清照记忆力超人，是以常常在这场比拼记忆力的角斗中轻松胜出，每当这时，她就得意地举起手中的茶杯大笑，由于笑得难以自抑，结果将茶杯打翻了，茶没喝到，反而泼了一身的茶水。尽管如此，她心中的得意一定没有减少半分吧。

这一幕因其精彩生动，成了文学史上最为人称道的经典场景，引得了无数后来者的称许和效仿。清代纳兰容若就曾在悼亡词中用过这个典故，这几乎成了纳兰词中大家最熟悉的一首词：

浣溪沙

谁念西风独自凉，萧萧黄叶闭疏窗，沉思往事立残阳。

被酒莫惊春睡重，赌书消得泼茶香，当时只道是寻常。

“赌书消得泼茶香”，正像是昔日清照和明诚归来堂中那一幕的场景重现，可见自那之后，不少才子佳人就学着他们那样，纷纷在家中烹茶赌书。直到现代，钱锺书和杨绛闲居家中时，也常常赌书煮茶，只是他们赌的是谁记的诗句多，煮的茶则是英伦风味的立顿红茶了。

青州十年，可以算是上天对清照夫妻曾受波折的补偿。这十年间，他们的文物搜集事业达到了顶峰。家中收集的文物，品类从铜鼎碑刻到书籍字画，时间跨度从上古周朝到隋唐五代，称得上无一不备，无所不有。他们将所得文物分门别类，登记造册，家中所得书画碑帖堆满了床边案头，对此意会心谋，目往神授，这样的趣味，自然是“乐在声色狗马之上”了。

明诚致力于此，并不仅仅是为了一己之欲，“非特区区为玩好之具而已”，而是为了“传诸后世好古博雅之士，其必有补焉”，也就是尽力以自己的搜集整理，来填补古玩文物史上记载的不足。

出于这一目的，他在搜集的同时开始撰写《金石录》，这部堪称伟大的金石学著作基本是在青州完成的，此书共三十卷，记载了他所藏金石拓本两千多种，比前辈欧阳修所著的《集古录》规模更大，也更具史学价值。

《金石录》的撰写，隐隐也可见清照的功劳。史载她曾经“笔削其间”，也就是曾为夫君的著作润色。有了她的生花妙笔，这部文物著作自然会增色不少。甚至可以推测，以清照之才，或许不仅仅只是润色，这部文物史上的皇皇巨著，有可能是他们夫妻共同协力完成的。

得妻如此，夫复何求。可以想见，闲居家中的明诚，对于这样的知己良伴，该是多么饱含感激。清照三十一岁那年，也是他们退居青州的第七年，明诚在她的一幅画像上题词说："清丽其词，端庄其品，归去来兮，真堪偕隐。"

这是清照唯一传世的一张画像，画中人形容消瘦，风度娴雅，手持一枝菊花，状似沉思。有学者曾以画中人所着不像是宋朝人的衣装质疑此画为伪作，但画上的题词应该是明诚的心声，一字一句，都是发自内心的赞叹和欣赏。林逋以梅为妻、以鹤为子，听起来虽风雅，总觉得太过冷清，哪里比得上明诚这样，能和知己兼妻子一同偕隐呢。

从晋时开始，文人们一直幻想着能找到一方精神上的桃花源，但很少有人能得偿所愿。幸运的是，清照和明诚一度美梦成真了，青州的归来堂，对于他们来说就是那方桃花源。在这里，他们远离纷扰，成了一对人人称羡的神仙眷属。

多年以后，回想起这段岁月，清照仍眷恋不已，说自己"甘心老是乡矣"。她多么希望，能在这归来堂上和意中人一起终老。

这注定是一种奢望。当他们在归来堂中烹茶赌书、燃烛赏画时，浑然不知，属于他们的那个世界正在一步步地走向分崩离析。外面风雨飘摇，归来堂里所有的却是一派与世隔绝的宁静。风声雨声，那时候隔得还远，尚不足以扰乱他们的好梦。

在清照多舛的一生中，青州十年是上天赐予她的为数不多的馈赠之一。再好的梦，总有被惊醒的那一天，在此之前，且让他们在梦中多停留一会儿吧。

恰如曹植在乐府诗中所写：“来日大难，口燥唇干。今日相乐，皆当喜欢。”

为词立论

清照是个锋芒毕露的人，最能凸显她锐利锋芒的，不是她平时所填的词，而是出自她手的《词论》。

在明诚致力于《金石录》的撰写时，清照除了协助夫君外，自己也没有停止过创作。赫赫有名的《词论》就大约作于此时，这篇论述文章长不过千余字，在词学史上的地位却值得一提，不仅是有史以来第一篇系统的词论，而且是第一篇出自女性之手的评论性文章。《词论》和《金石录》，称得上他们隐居时创作的双璧。

清照撰写该文，极有可能是受了老师晁补之的影响。晁补之其时正退居在山东金乡，适逢他五十七岁生日，青州离金乡相隔较近，清照伉俪特意赶去为老师祝寿。

清照还即兴为老师作了一首贺寿的《新荷叶》词，称赞老师“鹤瘦松青，精神与、秋月争明。德行文章，素驰日下声名。东山高蹈，虽卿相、不足为荣。安石须起，要苏天下苍生。”词中拿晁补之与晋时名相谢安相比，当年谢安隐居东山，百姓们皆呼“安石不出，如苍生何”，这里是劝老师重返朝廷之意。

值得一提的是，晁补之曾撰有一篇《评本朝乐章》，对当朝的七位知名词人如柳永、苏轼、秦观、欧阳修、张先、晏几道、黄庭坚做出了评论。晁补之论词较为公允，人人都说柳永俗，他却说，柳永词如《八声甘州》：“渐霜风凄紧，关河冷落，残照当楼。”确实称得上不减唐人高处。东坡词多不协律，他说是因为东坡“横放杰出，自是曲子中缚不住者”。此外如张先词之韵高、晏几道词之风调闲雅、欧阳修词之炼字绝妙，都有所论及。

晁补之最为推崇的还是秦观，称“近世以来，作者皆不及秦少游”，又单拈出少游名句“斜阳外，寒鸦万点，流水绕孤村”为例，赞许说即使是不识字的人，也能知道这是天生好言语。他对作为词人的黄庭坚则持批判态度，说黄所作词不是当行家语，而是“著腔子唱好诗”。

清照的《词论》，正是在此基础上有所发展，不过她年少成名，心高气傲，写起评论文章来奇巧尖新，不同于老师晁补之的老成持重。

全文录如下：

乐府声诗并著，最盛于唐。开元、天宝间，有李八郎者，能歌擅天下。时新及第进士开宴曲江，榜中一名士先召李，使易服隐姓名，衣冠故敝，精神惨沮，与同之宴所，曰：“表弟愿与座末。”众皆不顾。既酒行乐作，歌者进。时曹元谦、念奴为冠，歌罢，众皆咨嗟称赏。名士忽指李曰：“请表弟歌。”众皆哂，或有怒者。及转喉发声，歌一曲，众皆泣下。罗拜，曰：“此李八郎也。”

自后郑、卫之声日炽，流靡之变日烦。已有《菩萨蛮》《春光好》《莎鸡子》《更漏子》《浣溪沙》《梦江南》《渔父》等词，不可遍举。五代干戈，四海瓜分豆剖，斯文道熄。独江南李氏君臣尚文雅，故有“小楼吹彻玉笙寒”“吹皱一池春水”之词。语虽奇甚，所谓“亡国之音哀以思”也。

逮至本朝，礼乐文武大备。又涵养百余年，始有柳屯田永者，变旧声，作新声，出《乐章集》，大得声称于世，虽协音律，而词语尘下。又有张子野、宋子京兄弟，沈唐、元绛、晁次膺辈继出，虽时时有妙语，而破碎何足名家。至晏元献、欧阳永叔、苏子瞻，学际天人，作为小歌词，直如酌蠡水于大海，然皆句读不葺之诗尔，又往往不协音律。何耶？

盖诗文分平侧，而歌词分五音，又分五声，又分六律，又分清浊轻重。且如近世所谓《声声慢》《雨中花》《喜迁莺》，既押平声韵，又押入声韵；《玉楼春》本押平声韵，又押上去声韵，又押入声。本押仄声韵，如押上声则协，如押入声则不可歌矣。王介甫、曾子固，文章似西汉，若作一小歌词，则人必绝倒，不可读也。乃知词别是一家，知之者少。后晏叔原、贺方回、秦少游、黄鲁直出，始能知之。又晏苦无铺叙。贺苦少典重。秦即专主情致，而少故实。譬如贫家美女，虽极妍丽丰逸，而终乏富贵态。黄即尚故实，而多疵病，譬如良玉有瑕，价自减半矣。

此文并没有一上来就历评诸家，而是从词的演变和历史谈起。开头先讲了一个很有意思的故事：开元天宝年间，有个叫李八郎的歌者，歌艺为天下之冠。一次，新科进士们在曲江举行宴会，其中一位名士特意让李八郎换了衣服，隐去姓名，说这是自己的表弟，愿敬陪末座。八郎衣着破旧，神情沮丧，一点都不为人注意。众人宴上饮酒时，奏起了音乐，当世知名歌者纷纷出席演唱，其中以曹元谦、念奴唱得最好。该名士忽然指着八郎说："请表弟为诸君歌一曲。"众人无不哂笑。八郎舒展喉咙，轻吟慢唱，一曲终了，他的歌艺打动了在场的所有人，大家认出了他，并心悦诚服地对之罗拜。

这个开头长期以来都是被人忽视的，美国汉学家艾朗诺却认为清照《论词》以李八郎的故事开始是别有深意的：李八郎对于盛唐时以女子为主的歌坛来说，是一个闯入者；清照对于宋时以男子为主的词坛来说，也是一个闯入者。

李八郎在曲江宴上的遭遇，实际上隐喻着清照在主流词坛上的处境。当她试图闯入一个原本不属于自己的领域时，一开始，只能甘居末位，以获得入席资格。其他人当然会无视她，甚至加以嘲笑。她唯一能够做的，就是学李八郎那样，以高超的才华来消除人们对其性别的偏见。

和其他女子不一样，清照并不甘于仅仅做个“闺阁词人”，在词这个领域中，她希望自己能够与男性词人一较高下。一篇《词论》，充分展现了她的争强好胜和强烈自信，当世名家乃至前辈词人，都受到了她的指摘。

她的前辈柳永，所填词作在宋时流传极广，人称“凡有井水处，皆能歌柳词”。可她却认为，柳永词虽协韵律，但“词语尘下”，也就是说他用词太过庸俗，未免有些上不了台面。

苏轼、欧阳修、晏殊称得上是一代文宗，其中苏轼更是她父亲的老师，她却毫不留情地批判说，这些学际天人的大学者、大才子，所填之词往往不协音律，严格来说不能称为词，只能说是长短不一的诗句。

对于王安石、曾巩这样的文章名家所作的词，她更是全面否定，认为他们的词作读后会令人发笑绝倒，言外之意是，根本就不具备可读性。

至于当朝所推重的晏几道、贺铸、黄庭坚、秦观等词人，她肯定了这几位确实算得上词坛名家，所填之词称得上本色当行。即便如此，她还是一一指出了他们每个人的缺点：晏几道的词“苦无铺叙”，贺铸的词短于用典，秦观的词虽然情感细腻，却缺少了实际的东西，就像一个出身于贫苦之家的美女，虽然天生丽质，却少了一点富贵气象。黄庭坚的词注重用典，内容充实，但小毛病太多了，如同一块美玉上面出现了不少瑕疵，价值自然要减半了。

对比起晁补之所写的《评本朝乐章》，就可见清照对前辈词人的批评是如何毫无顾忌和不留情面。这在当时就掀起了轩然大波，宋人胡仔斥责说：“易安历评诸公歌词，皆摘其短，无一免者，此论未公，吾不凭也。”清朝的裴畅更是站在男性的角度批评她：“易安自恃其才，藐视一切，语本不足存。第以一妇人能开此大口，其妄不待言，其狂亦不可及也。”

清照真的如胡仔等评价的那样，是个“好为大言”的狂妄无知之徒吗？那可真是小瞧了她，有句话说“不破不立”，她对前辈词人缺点的批判和否定，正是为了树立自己心目中的词体规范，也就是“词别是一家”。

词和诗是不同的，可直到清照此文，才明确树立了“词别是一家”的观念。从她所批判的那些词人缺点的反面，可以了解到她心中的词学标准，大概具有这几个特点：协音律、重铺叙、贵典雅、有情致、尚故实。

一个人的才气往往和眼光成正比，才高如清照，自然眼高于顶，目下无尘。清照之所以敢于提出这么严苛的词体标准，是因为她有这个底气——再苛刻的标准，她也有本事在词作中一一付诸实践。她既是规则的制定者，又是规则的践行者。

她的词作，正是“词别是一家”的完美典范，对声律的追求、对用语的讲究都到达了极点。正是因为苏轼、秦观这些知名词人的词作在她看来并不是无可挑剔的，她才不愿意步伍前辈，不肯模仿任何一家，而是独出机杼，自铸新词，最终炼成了独一无二的“易安体”。

清人李调元评价说：“易安词无一首不工，其炼处可夺梦窗（吴文英）之夕，其丽处可参片玉（周邦彦）之班。不徒俯视巾帼，直欲压倒须眉。”

《词论》一文，正是清照“直欲压倒须眉”的一篇力作。清照的《论词》，有人笑其狂妄，也有人说她保守。词本以婉约为正，自从有了苏轼这个曲子中缚不住的改革派之后，吹花嚼蕊之音中，渐渐混入了天风海浪之曲。清照的《词论》，却和这位祖师爷爷唱对台戏，极力提倡填词要协律典雅，因此被认为是词坛上的保守一派。

与其用保守和创新来区分词人，倒不如说他们的文学追求和审美取向不一样。每个人都有适合自己的词风，所填之词豪放还是婉约，都是自己天性所宜。清照这样的闺中女子，再豪迈也写不出“大江东去，浪淘尽，千古风流人物”这样的词句来，东坡那样的豪杰之士，自然也无法体会闺中少妇“才下眉头，却上心头”这样细腻婉转的心思。

他们都只能选择适合自己的词风，相应地，也会捍卫自己追求的词学标准。写英雄本色，清照不如东坡；道儿女情怀，东坡则不如清照。

可以理解她为何刻意要提出“词别是一家”了：只有当词回归到以婉约为本色的传统时，她的才华才能在这方领域中得到最充分的展现。正如缪钺所说：“词本以妍媚生姿，贵阴柔之美，李易安为女子，尤得天性之近。”

词之一体，要眇宜修。没有什么文体比词更具有女性气质。由身为女子的清照，来创作女性气质浓厚的词作，展现女儿家独有的幽美细微的情怀，可以说是再契合不过了。无怪乎她论起词来能够睥睨群雄，不可一世。因为在这个领域里，她原本就具有天生的优势，而且几乎是压倒性的优势。

《词论》一文，显示了清照不同于常人的野心。在那个所有的评判规则都由男性制定，女性们只能臣服的年代，只有她敢于跳出来，挑战已有的观念世界，发出自己的声音来。

在当时，这样的声音是振聋发聩的，连嘲笑她的胡仔也没办法装作没听见，而是将之收进了他编的《苕溪渔隐丛话后集》中。原文本无标题，《词论》一名是后人添加的。

胡仔的原意，可能是让大家一同来讥笑清照的狂妄自大。殊不知，经过数百年时光的变迁，世人的评判标准已变了。读了此文后，人们不仅没有加入嘲讽清照的行列，反而对她生出了一份由衷的赞赏——赞赏她的眼光，更赞赏她的勇气。

武陵人远

没有人的婚姻是十全十美的，哪怕是被称为神仙眷侣的清照伉俪也是如此。在很多人的想象中，他们似乎一直都琴瑟相和，如胶似漆。事实上，他们的婚姻就像一只精美的瓷瓶，远看毫无瑕疵，走近了一看，才会发现瓶身上已经有了细微的裂痕。

第一道裂痕大概出现在他们屏居青州的后期。这期间，明诚母亲郭氏向徽宗上书，请求恢复赵挺之生前的官号，朝廷很快答应了她的要求。赵家三兄弟先后出仕，明诚大约在宣和二年七月被重新起用，任命为莱州（今山东莱州市）郡守。也许是急于赴任，也许是想先过去安顿，他急匆匆地先去了莱州，清照是翌年才去与他团聚的，中间两人有过一次较长的分别。

还有研究者指出，明诚极有可能在任职莱州之前已经出仕，可出于种种原因，赴莱州之前并没有带清照在身边。如果这种推断是事实的话，那么他们之间的离别就不是几个月，而是长达数年。

在这么长的时间内，清照独自一人留守在青州，心情是颇为复杂的。结过婚的人都知道，婚姻的过程并不是一帆风顺的，而是有恩爱也有争吵，有火热也有冷漠，如今的清照和明诚，已经走过了你侬我侬的甜蜜期，告别了相敬如宾的平淡期，暂时陷入了婚姻的倦怠期。

清照是个才女，才女的感情往往较一般女子细腻深沉，才女的情感需求也比一般女子要浓烈得多。对于将她一个人抛在家中的夫君，她其实是有怨言的，但以她的教养和自尊心，又不容许她直接地向明诚表达这种怨意。

读她这一时期的词，总觉得她好像有什么难以言说的痛楚，比如这首《凤凰台上忆吹箫》：

香冷金猊，被翻红浪，起来慵自梳头。任宝奁尘满，日上帘钩。生怕离怀别苦，多少事、欲说还休。新来瘦，非干病酒，不是悲秋。

休休，这回去也，千万遍《阳关》，也则难留。念武陵人远，烟锁秦楼。唯有楼前流水，应念我、终日凝眸。凝眸处，从今又添，一段新愁。

离情别绪是清照词中永恒不变的主旋律，这首《凤凰台上忆吹箫》仍然是抒写离情的，但是离情之外，似乎又多了一种说不清、道不明的滋味。同样是相思之作，此词与清照新婚不久后所作的《一剪梅》之类相比，就显得复杂得多，词中人的情绪也要微妙得多。

此时的清照，已经年近四旬，不再是那个“轻解罗衫、独上兰舟”的娇俏少妇了。写作《一剪梅》时，她和夫君只不过是新婚小别，还有点“为赋新词强说愁”的感觉，如今的她，早已经识尽了离别滋味，对别离之苦有了深刻的体会。明诚喜欢外出游玩、搜集文物，以当时的环境，是不太适合带她一起出门的。仅仅在青州期间，明诚即五游仰天山、三访灵岩寺、一过泰山顶，他外出如此频繁，离别对清照来说可能早已是常态。

慵懒的情绪是这首词的基调，过去分别时，她还常常不甘寂寞，或借酒以浇愁，或荡舟以遣愁。如今的她，什么都不想做。兽炉中的薰香已经熄了，无心再焚；床上的锦被胡乱摊着，不想去叠；起床了连头也不想梳，反正心上人不在眼前，打扮给谁看呢；梳妆盒上早已布满了灰尘，也由它去吧，懒得擦拭。

读到下面这句，“生怕离怀别苦”，才知道她不是懒，只是没有心思。她有万种心事想向人诉说，可话到嘴边，又咽了下去。

看着镜子里的自己，忽然间消瘦了许多，于是就有了此篇中的传世佳句：“新来瘦，非干病酒，不是悲秋。”同样是瘦，有人是因为“日日花前常病酒”，有人是因为“秋风秋雨愁煞人”，她呢，究竟是为了什么？此句妙就妙在婉转曲折，绝不点破。明代李攀龙评价说：“非病酒，不悲秋，都为苦别瘦。水无情于人，人却有情于水。写出一腔临别心神，而新瘦新愁，真如秦女楼头，声声有和鸣之奏。”

下片忽然词风陡转，刚刚还凄凄切切的词人忽地不耐烦起来，直接喊出“休休”二字，罢了罢了，这回就算将《阳关曲》唱了千万遍，也难留游人。她一个人站在楼上，眼见着心上人越去越远，渐渐消失在迷蒙的雾霭之中，只留下她呆呆地倚楼凝望。她的这份痴情，唯有楼前的流水知道。“唯有门前流水，应念我，终日凝眸”，这句是痴人才能写出的痴语，读其词，可想见其终日倚楼的痴态。

让她憔悴支离、欲说还休的，真的只是因为离别？恐怕并非如此简单。

还是和《一剪梅》来比较下，同样是思念远人，那时的她，内心是笃定的，所以才肯定地说出“一种相思，两处闲愁”；《凤凰台上忆吹箫》就不一样了，在离情之外，多了一层担忧，几分忐忑，“君思我兮然疑作”，她开始怀疑：当我思念着你的时候，你是否也一样思念着我呢？

这里连用了两个典故：武陵人远，烟锁秦楼。武陵，原是陶渊明笔下的桃花源所在，恰恰刘晨、阮肇也是迷失在桃花源，所以从唐朝开始，诗词中的“武陵人”常代指心爱之人。武陵人远，化用了刘义庆《幽明录》中的一则“遇仙记”：

传说东汉时，一日，浙江剡县人刘晨与阮肇到天台山采药迷了路，误入武陵溪。这里遍植桃树，树上果实累累，他们摘了桃子吃，又沿着小溪行走。在此遇到了两位十分漂亮的仙女，热情招待了他们，并以身相许。刘、阮二人在桃源中过上了锦衣玉食的生活，直到半年之后，他们才想起家中的妻儿，于是请求回家。仙女无奈，只得送他们回去。山中方一日，世上已千年。等他们匆匆回到家中时，发现村子里的人和景物已全部变了。他们拦住一个小孩子询问，才知道这孩子居然是他们的第七世孙。

到了唐朝，“仙女”有了另外一层含义，即美丽的女子。唐人常用“遇仙”来代指狎妓，“天台之遇”也成了男子走桃花运的另一种说法。

宋时青楼游冶是很常见的事，清照在此用武陵人的典故，是不是担心，她的郎君，也会像神话中的刘晨、阮肇一样，遇上了其他天仙化人的女子，于是乐而忘返，忘记了回家的路呢？

再看下一个典故，“烟锁秦楼”，此处化用了萧史弄玉的故事。据说秦穆公有一个善于吹笙的女儿，叫弄玉，居住在“凤楼”

之中。当时有个才子名叫萧史，住在华山，以善吹箫闻名。弄玉夜梦此人，便求父王将自己许配给他。婚后，萧史和弄玉住在凤楼之中，一个吹箫，一个吹笙，过得十分快乐。一日，他们笙箫合奏，其声清越，竟引来了天上的金龙紫凤。于是他们双双骑龙跨凤而去，“乘龙快婿”正是出自这个传说。

清照和明诚，在青州也度过了十年琴瑟相和的日子，可惜此时，她的“萧史”已离开此地，只留下她一个人独守空楼。弄玉与萧史可以双宿双飞，她却只能凝望着门前流水，苦苦等候那人的归来。

清照用典向来贴切，此词中的两个典故，尤其是“武陵人远”之典，隐隐透露了她的担忧。那么赵明诚是否真的另有新欢呢?

联系到宋代文人蓄养歌妓姬妾的风气来看，她的担忧并不纯是空穴来风。宋人是出了名的喜欢享受声色之乐，欧阳修家中“有歌妓八九姝”，苏轼家中有妻有妾，还有“歌舞妓数人”，晏殊家中天天歌舞升平，公子晏几道就是整天和莲、鸿、蘋、云这几个歌女耳鬓厮磨的。

游冶青楼、流连烟花对宋人来说更属平常，柳永就不用说了，他的身后事都是妓女们合伙给他料理的。苏轼的红颜知己朝云，自幼沦落在歌舞班中，两人相识时她正是西湖名妓，苏轼爱其才貌，才纳为侍妾。连堂堂的皇帝宋徽宗，也拜倒在京城名妓李师师的石榴裙下。

世风如此，很难保证赵明诚在外应酬时，不会学其他人那样偎红倚翠，甚至可以推测，他也许和同时代的文人一样，家中也蓄有娇姬美妾。

关于赵明诚纳妾的猜测，可以从清照撰写的《〈金石录〉后序》中寻找佐证。《〈金石录〉后序》中她提到明诚去世前，“殊无分香卖履之意”。“分香卖履”，出自曹操的遗言：“余香可分与诸夫人，不命祭。诸舍中无所为，学作履组卖也。”曹操是个风流多情之人，生前广蓄姬妾，并特意修建了铜雀台给她们居住。去世之前，他给妻妾们留下了一道遗言，意思是自己死了之后，宫中留下的香料可以分给众妾，姬妾们若没什么事的话，可以学着做做鞋养活自己。

清照在这里反用“分香卖履”之意，也就是说赵明诚临终之时，并没有像曹操那样对身后妻妾们的生活做出安排。这无疑透露了一个信息，即赵明诚去世之时，身边并不只有她一个女人，他生前很可能已有侍妾。

爱情总是排他的，哪怕是在纳妾成风的朝代，也并不是每个女人都能容忍丈夫的三心二意。这样的女人，因为不符合温柔贤淑的规范，常常招来“妒妇”或“悍妇”的骂名。北宋就出过一个很有名的妒妇，她就是苏轼的朋友陈季常的妻子柳氏。柳氏为人善妒，嗓门又很大，陈季常怕她怕得要死。陈家宴客时，也学其他文人那样，请来歌姬助兴，此时柳氏就会破口大骂，直到把他们骂得散席为止。苏轼同情朋友，写了首戏谑的诗："龙丘居士亦可怜，谈空说有夜不眠。忽闻河东狮子吼，拄杖落地心茫然。"

"河东狮吼"因此也成了男人怕老婆史上的一段"佳话"。

面对丈夫的花心，不同的女人有不同的招数。柳氏性情刚烈，使的是至阳至刚的"狮吼功"，几声咆哮，陈季常不得不乖乖俯首。清照毕竟是大家闺秀，与生俱来的教养和骄傲都不允许她做一只"河东狮"。她有她的长处，那就是以情动人，以柔克刚，她把她的一腔心事和满腹哀怨，都写进了自己的词里，试图以柔情为缰，来拴住夫君驿动的心。

她作于这个时期的词，连缀起来就是一篇《长门赋》，抒写的全是独处的寂寥和离居的惆怅。如"酒意诗情谁与共？泪融残粉花钿重"，当年和她共醉的那个人已经远行，联想到昔日的恩爱，不知不觉间泪水融化了脸上的残粉。又如"险韵诗成，扶头酒醒，别是闲滋味。征鸿过尽，万千心事难寄"，她看来想为难自己，作了极难作的险韵诗，喝了极易醉的扶头酒，可仍然化解不了一人独处的烦愁，天上的大雁飞过，想要给远方的人寄封信，却不知道这封信该如何写。

她的词中，甚至出现了“春到长门春草青”之句，把自己所居之地，比成了汉代阿娇的冷宫，可见她所受的冷落。

她分明是委屈的，这种委屈却不能明说，怕一明说，反而让远行的人更加去意坚决。“欲说还休”与“怕伤郎，又还休道”正是一个意思，不管有多少心事，都只能吞咽下去了，她的委屈，是为了求全。

阿娇失宠之后，花了重金求司马相如代她写了一篇《长门赋》，以此向汉武帝刘彻表达重归旧好的心愿，可汉武帝那时正宠爱着新欢卫子夫，千金能买《长门赋》，却买不回故人已变的心。

清照这些哀感顽艳的词作，又是否能够挽回夫君逐渐远去的心呢？

子虚为友

也许是清照的一片痴情终于打动了明诚，在莱州安顿下来后不久，他派人去青州接清照来和他团聚。

清照便随着前来迎接她的仆从，踏上了新的旅程。按说她早已望穿秋水，如今将与良人相聚，应该欢喜不尽才是，可她的心情仍然是复杂的。宋之问有诗说“近乡情更怯”，此时的清照，却很可能是“近情情更怯”，以至于和青州的姐妹们分离时，伤心得泪湿红袖，难抑伤怀：

蝶恋花·昌乐馆寄姊妹

泪揾罗衣脂粉暖，四叠阳关，唱了千千遍。人道山长水又断，萧萧微雨闻孤馆。

惜别伤离方寸乱，忘了临行，酒盏深和浅。若有音书凭过雁，东莱不似蓬莱远。

清照在奔赴莱州的旅途上，投宿在山东昌乐县的一家驿馆，独宿孤馆，夜雨潇潇，她禁不住又想起姐妹们送她离开时的场景，临行前依依话别，如在眼前，她再也难以入眠，于是写下了这首《蝶恋花》，寄给青州的姐妹们。

清照只有一个弟弟，这里所说的姐妹们，当是指她的闺中密友们。闺中密友对一个女人来说是很重要的，有些心事，连情郎面前也不能明说，只有闺中姐妹能够敞开心扉，互诉衷肠。这些姐妹无疑也是十分风雅的，在清照临行之前，她们为好友设酒饯行，唱起了从唐时流传至今的《阳关曲》。

“劝君更尽一杯酒，西出阳关无故人”，王维的名句，到了清照笔下，变成了“四叠阳关，唱了千千遍”，很显然，女子之间的分别，远远不如男儿们那样来得明快干脆。有太多的不舍、太多的眷恋，眼泪打湿了罗衣，离歌唱断了肝肠，姐妹们心乱如麻，只顾着一杯杯饮尽杯中酒，浑然忘了酒盏的深浅。

清照所伤怀的，真的仅仅只是离别吗？在离情别绪之下，似乎还埋藏着一层说不出的隐忧。面对即将到来的团聚，她的忐忑似乎要远远多于期待。她是不是在担心，长久的离别，已经冲淡了他们原本浓厚的夫妻之情？明诚的身边，是不是早有新人取代了她这个旧人？

敏感如她，可能早已察觉到，他们之间的感情，已经发生了变化，即使是细微至极的变化，也足以让她心绪不安了。可只要他一声召唤，她就不管不顾地去了，即使这一路山高水长，即使要和朝夕相处的姐妹们分离，也在所不惜。

只有深爱一个人的时候，才会有这份孤注一掷的勇气吧。此刻，清照和任何一个陷入爱情中的女子并无两样，莱州对于她来说，完全是一个陌生的地方，没有熟悉的居所，没有亲昵的密友，可那里有她心心念念的“武陵人”啊。她一定盼望着，这位误入仙源的“武陵人”，现在已经迷途知返，也同样期待着能和她重修鸯梦。

不禁想起，数百年后，当张爱玲远赴温州寻夫时，心情应该也和清照一样，有一些忐忑，但更多的是希冀和期望，不然她也不会对胡兰成说：“我从诸暨丽水来，路上想着这里是你走过的，及在船上望得见温州城了，想你就在那里，这温州城就像含有宝珠在放光。”

同样是旷世才女，清照也好，爱玲也好，她们真是为了所爱之人，宁愿将自己低到尘埃里去。

低到尘埃里的爱，也未必能开出洁白芬芳的花来。张爱玲风尘仆仆地找到胡兰成后，他劈头第一句话就是：“你来做什么？还不快回去！”更使她伤心的事还在后面，胡兰成是个无行浪子，早在武汉时已和护士小周纠缠不休，此次逃亡期间，又撩拨上了朋友的寡婶范秀美。兴冲冲孤身前来的张爱玲，只落了一个伤心而返，回去时，她一个人在雨中撑伞站在船舷边，对着滔滔黄浪，伫立涕泣久之。

深情的女子，注定要为薄情的男人所伤。

在没有抵达莱州之前，这座小城在清照的眼中，也像含有宝珠在放光吧。等她到了那里，感受到的却并不是柔情蜜意，而是无尽的寂寞和空虚。这种情绪，在她初抵莱州时所作的《感怀》一诗中坦露无疑。诗前有小序说："宣和辛丑八月十日到莱，独坐一室，平生所见，皆不在目前。几上有《礼韵》，因信手开之，约以所开为韵作诗。偶得子字，因以为韵，作感怀诗云。"

这段短短的序言，真实地描述了她初到莱州时的处境。她是在宣和三年八月十日来到莱州的，到了之后，独自一人孤单地坐在房间里，平时那些摩挲赏玩惯了的金石字画，都不在眼前。茶几上放着本《礼韵》，百无聊赖之下，她信手翻开一页，以当下看到的子字为韵，写下了这首《感怀》诗。全诗如下：

寒窗败几无书史，公路可怜合至此。
青州从事孔方君，终日纷纷喜生事。

作诗谢绝聊闭门，燕寝凝香有佳思。

静中我乃得知交，乌有先生子虚子。

在莱州，这里没有青州习以为常的一切：所居之处窗户残破，桌椅陈旧，既没有字画，也没有书籍。独处一室的清照感叹说，自己真像当年三国时走投无路的袁术一样可怜。袁术字公路，本也是一代枭雄，建安二年称帝，后为曹操所破，逃亡路上无处可投，他渴得要死，问部下要点蜜浆喝，却被告知根本没有，他气得呕血一斗而亡，临终前感言："袁术至于此乎！"清照以穷途末路的袁术自比，可见胸中的愤懑。

"青州从事孔方君"，青州从事指的是美酒，孔方君指的则是金钱。清照熟谙《世说新语》，青州从事的典正是出自《世说新语·术解》："桓公有主簿善别酒，有酒则令先尝，好者谓'青州从事'，恶者谓'平原督邮'。"这一联的意思是，世人贪图的无非是美酒佳酿、金钱财富。联想到明诚在莱州所为，似隐含着对他沉迷于酒色享乐的暗讽。

以清照之洁身自好，自然不屑于世俗享乐。她干脆谢绝宾朋，闭门作诗，好好享受一下这独处的乐趣。在这难得的宁静中，她获得了两个难得的好朋友，一个叫作乌有先生，一个叫作子虚子，合起来就是子虚乌有。

这首诗显然写得有些奇怪。按照常理推测，清照和明诚久别重逢，正该好好体会一下“小别胜新婚”之趣，为什么诗里完全看不到相聚之乐，反而只看到她独处一室的孤独冷清呢?

“公路可怜合至此”，这句诗透露了清照浓浓的怨气。她本来是心甘情愿奔赴莱州的，这里的生活条件不如青州那样优裕也是可以想象的，为何现在却有如此明显的怨气?只有一种解释，那就是明诚冷落了她，她的热心热情，换到的只是冷淡冷漠，来之前抱的希望有多大，此刻的失望就有多大。

清照不是个贪图物质享受的人，为了和丈夫相聚，她宁愿舍弃青州锦衣玉食的生活。她想要的，无非是和夫君朝夕共处，安然度日。岂料到了莱州之后，寂寞仍然如影随形，她过的仍然是独守空房的日子。那个和她共赏金尊、同醉花丛的夫君去哪里了?是忙于公务，还是有意疏远?这些都不得而知了，可以确定的是，清照有过独处一室的孤单经历，所以才有了这首凄恻的《感怀》诗。

诗人不平则鸣，《感怀》一诗正蕴含着一股不平之气。清照是骄傲的，她不可能也不愿意像其他女子那样，苦苦哀求夫君能够回心转意。她宁愿和子虚乌有做朋友，也不愿落得和世俗同流合污。

夫妻之间往往就是这样，裂痕一旦产生，就会逐渐扩散。一道隔膜慢慢横在清照和明诚之间，究竟是什么，让一对原本恩爱的夫妻渐渐变得疏离？

如果仅仅是夫君蓄养了一些歌姬舞女，清照的反应或许并不会如此强烈，这就要谈到产生在他们婚姻之中的第二道裂痕了。这道裂痕比第一道裂痕要深得多，杀伤力也要大得多，那就是“无子”。

这可能是他们婚姻生活中莫大的遗憾了，清照和明诚结婚已二十年了，却一直无后。关于这一点，南宋洪适《隶释》中提到过“赵君无嗣”，无独有偶，南宋翟耆年也在其著作《籀史》中提到，明诚收藏丰富，可惜没有子嗣能够继承，“无子能保其遗余，每为之叹息也。”

古人有句话说，“不孝有三，无后为大”，在那样的年代，女人如果没有生育孩子，会被看作犯了“七出”之一，有可能被休回娘家的。像清照这样的才女，也逃不脱这样的桎梏，一个女人，即使她再美貌如花，再才华横溢，如果没有为丈夫生下一个孩子的话，在夫家的地位可能还比不上一个目不识丁、却能够生儿育女的村野愚妇。

用现代的观念来看，问题很可能出在赵明诚身上，毕竟他也没有和其他姬妾生出一男半女。可古代人不会这么想，遇到这样的事，他们会将所有的责任都归咎于女人身上。

可想而知，清照承受了多大的压力。这种压力她只能独自一人承担，曾经最亲密的丈夫，也无法分担她的焦虑。不单如此，他还加重了她的焦虑，身为那个年代的女人，她只能眼睁睁地看着他移爱于其他女子，却无能为力。

她的词中，开始出现了“纨扇”之叹，用纨扇来自比，肇自于汉时的班婕妤，婕妤本是有名的才女，因才华见宠于汉成帝，成帝宠爱她时，曾邀她同乘辇车，她怕有损于皇上的圣明之德，低调地拒绝了。后来赵飞燕姐妹先后入宫，成帝对她日渐冷落，她写了一首《团扇歌》来抒发失宠的幽怨：

新制齐纨素，皎洁如霜雪。
裁作合欢扇，团圆似明月。
出入君怀袖，动摇微风发。
常恐秋节至，凉意夺炎热。
弃捐箧笥中，恩情中道绝。

纳兰容若词中的“人生若只如初见，何事秋风悲画扇。等闲变却故人心，却道故人心易变”，正是出自此，“纨扇”从此成了弃妇的代名词。

独处一室的清照，此时也像那柄纨扇一样，被健忘的故人暂时遗忘在不为人知的角落里。她已经快四十岁了，年轻时引以为豪的美貌已不复往昔，她的故人，还记得往日的恩情吗，还能够重新与她和好如初吗？

人生若真的能停留在初见那一刻，那该有多好啊。

烹茶赏书

几乎每个人的婚姻都会出现裂痕，当裂痕出现的时候，决绝的人会选择直接放弃，他们的眼里容不下一粒沙子，也容不下丝毫的不完美。聪明的人却会选择修复，清照就是如此，她偶尔也会抱怨，但绝不会让自己沦为一个怨妇，而是以她的耐心、以她的温柔，一点点地修补着已经产生的裂痕。

在她水滴石穿的柔情下，明诚很快就被打动了，他本来就不是一个铁石心肠的人，何况他们之间还有着异常坚韧的感情纽带。寻常夫妻之间的纽带大多是孩子，或者是感情，清照和明诚之间的纽带则是他们共同的志趣，这也许是世上最牢固的纽带了，不会随着时光的流逝而变得脆弱，而是日益坚固。

清照对明诚来说，是良伴，是知己，更是事业上得力的助手，这是其他女子所无法取代的。他也许一时会被酒席歌宴上那些女孩子婉转的歌喉、娇美的容颜吸引，可只有志同道合的妻子，才能和他分享内心真正的快乐，他们拥有一个共同的精神世界，在那里，没有任何第三者能够涉足。

至少可以肯定，在镇守莱州的后期，明诚已经远离了声色之乐，全身心地投入于他的金石搜集事业之中，他和妻子的婚姻，也终于熬过了倦怠期，慢慢回复了往昔的恩爱。他将莱州的居所命名为“静治堂”，这里和青州的归来堂一样，成了他和妻子赏玩书画、撰写著作的场所。

莱州期间，明诚有了官俸，这为他搜集碑刻铭石提供了充足的支持。每日忙完公务之后，他便回到静治堂内，校勘整理自己所得的文物。清照在《〈金石录〉后序》中回忆这段岁月说：“忆侯（赵明诚）在东莱静治堂，装卷初就，芸签缥带，束十卷作一帙。每日晚吏散，辄校勘二卷，跋题一卷。此二千卷，有题跋者五百二卷耳。”

这些文物、书画，他们都细心装裱，每汇成十卷，就用淡青色的丝带束成一帙。许多年以后，当清照摩挲着这些残留的书卷时，仿佛仍能见到夫君的音容笑貌，嗅到他独有的气息，可惜题跋的人早已不在世间。他们在无微不至地呵护着这些珍贵而脆弱的书籍、字画时，哪里会想到，人的生命，远比文物更为脆弱。

堪称伟大的金石学著作《金石录》大致完成于莱州，关于这本著作，时人的评价甚至认为它超过了欧阳修的《集古录》。这本皇皇巨著里，凝聚夫妻二人共同的心血，不知不觉间，清照在辅助明诚的过程中，已经成了当世第一流的金石学家。

宋代的官制是三年一迁，莱州任期满三年后，明诚转赴淄州（今山东淄博）担任知州，清照与之随行。淄州期间，他们收获了不少珍贵的文物，清人缪荃孙所著的《云自在龛随笔》就记载了这样一则逸事：

淄州境内有个邢氏村，那里土地平旷，草木葱茏，流水清澈，院墙错落有致。一日，作为淄州父母官的赵明诚路过此地，觉得此地风物闲美，似乎是隐士居住的地方。于是便信步走了进去。走访之后才得知，原来这里一个村子的人都姓邢。他无意中造访的那户人家，主人叫邢有嘉，热情有礼，力邀明诚进屋做客。

明诚走进邢家，只见院落里繁花似锦，好一个世外人家。主人邢有嘉与之倾谈，称许明诚是陶渊明诗中的“素心人”，夸他心地质朴单纯，聊得投机了，主人拿出家藏之宝《楞严经》和来客分享，这是一部由唐朝诗人白居易手书的《楞严经》，共一百篇，三百九十七行。

明诚见到白居易的手迹，不禁欣喜若狂。当即在征得主人的同意后，带着这幅《楞严经》，快马扬鞭，飞奔回家，只为了急着要“与细君共赏”。

细君是妻子的别称，明诚这么迫切地想要和她共同观赏，是因为只有清照是他“平生仅有之同志”。陶渊明诗中曾说，读书人最大的快乐莫过于“奇文共欣赏，疑义相与析”，而对于喜获《楞严经》的明诚来说，无意中获得了这样的稀世珍宝，能够和他共享其乐的人，清照自然是最佳人选了。

一旦有懂得的人与之分享，快乐便无形中加倍了。明诚骑马飞奔回家后，马上唤来清照一同细细观赏这幅手卷，相对展玩，狂喜不支。此时夜静更深，不知不觉已到二更天了，两人仍然兴致勃勃，一边饮酒一边赏书。酒喝多了很渴，便沏了龙凤团茶来喝，直到燃尽了两支蜡烛，依然意犹未尽，舍不得入睡。

明诚对这段经历念念不忘，便以之为跋，写进了白居易手书的《楞严经》前。于是，这段夫妇共赏的逸事，便伴随着唐代伟大诗人的手迹一同流传了下来，前者的珍贵并不亚于后者，至少它能够让我们对清照伉俪的风雅生活有了更深入的了解。

这一幕，会令熟悉他们的人想到当年在汴京居住时，明诚还是个清寒的太学生，两人常典当衣物，换个百十来文，去相国寺买些不怎么值钱的文物，同时还不忘买些时鲜果子，夫妻俩一边鉴赏文物，一边咀嚼果实。

如今，他们的生活较汴京时已优裕得多了，品尝的不再是鲜果，而是小龙凤团茶。龙凤团茶是北宋时的贡茶，小龙凤团茶更是其中的精品。它是由宋代书法四大家之一的蔡襄创制的，需将茶压制成有龙凤花纹的薄饼，饰以金箔，再涂上一层蜂蜡，一斤有二十饼，名曰“上品龙茶”。

欧阳修对这种龙茶称赞不已，据他记载，仁宗皇帝赵祯也对小龙团茶极其珍爱，连宰相也不曾轻易赏赐，只有在每年南郊祭天地的大礼中，才会赏赐中书省、枢密院两府八位大臣共一饼。八个人共分一饼茶，可见其珍异，这种珍稀至极的茶一般都是舍不得喝的，只有等到家有贵客的时候，才拿出来一起观赏。

可在淄州的这个夜晚，明诚和清照却毫不吝惜地拿出了珍藏已久的小龙凤团茶，煎茶赏书为乐。对唐人手迹，品宫廷名茶，这样的良宵，这样的赏心乐事，难怪他们舍不得去睡。这对夫妻，真是会享受生活啊，对他们来说，再名贵的茶也是要用来喝的，而不是用来收藏的，以名茶来配古书，那是再恰当不过了。

烹茶在古代是一件极为雅致的事，宋人称煎茶为“分茶”，龙凤团茶的烹法尤为复杂，这种茶的烹制得用上好活泉，茶饼碾过之后得用细绢筛过，烹好后还要用专制的兔毫盏来喝。需要注意的是，宋人烹茶所用的是茶饼，而不是茶叶，所以烹茶的第一步就是从茶饼中分出一小块出来，然后再将之碾碎成末，方能入水。碾碎后的茶末如琼粉玉屑，加好水煎之，水沸如松涛之声，阵阵清香袭人。

这样烹制而成的茶水相当浓稠，以至于用汤匙或筷子搅动茶汤时，可以使茶水的表面变幻出山水花鸟的形状来。清照就是精于此道的高手，她后期的词中，不止一次写到当年烹水煎茶的韵事，如“当年，曾胜赏，生香熏袖，活火分茶”（《转调满庭芳》），又如“豆蔻连梢煮熟水，莫分茶”（《山花子》）。

当时只道是寻常啊。

“生香熏袖，活火分茶”，对于南渡之前的清照来说，那是再寻常不过的事了。只有等一切都时过境迁之后，她才恍然大悟，惊觉当年习以为常的生活，原来是何等的奢侈精致。

那时他们还不知道，这样奢侈精致的生活，很快就会葬于金兵肆虐的铁蹄之下，一同埋葬的，还有那个用玉水注、黄金碾、细绢筛、兔毫盏来喝龙凤团茶的北宋王朝。

第五卷

孤雁儿

吹箫人去玉楼空

国难当头

如果要给清照的人生划一道分水岭的话，这道岭大概要划在靖康元年。在此之前，她是养尊处优的贵族女子，目之所及都是晴空丽日，偶有萧条风雨，也很快就会转晴，在此之后，她一脚踏入了人生的冬天，从此环绕着她的都是愁云惨雾，少有暖雨和风。

大宋的覆灭，其实早就有了迹象。自从宋太祖“杯酒释兵权”之后，就形成了重文轻武的时代特色。北宋王朝在和北方少数民族的交战中，历来处于极端弱势的地位，只能每年向外纳取岁帛，以金帛来换取暂时的和平。北宋周围对其虎视眈眈的国家，先有辽，后有金，连西夏这样的蕞尔小邦，也能用武力来威胁北宋乖乖缴纳岁帛，可见堂堂大宋的军事力量虚弱到了什么地步。

宋徽宗赵佶上台后，其轻佻的个性加速了北宋的灭亡。赵佶是皇帝中的纨绔子弟，精通艺术，对政治则一窍不通。对内，他在蔡京等人的撺掇下，大肆搜刮花石纲，逼得方腊等造反；对外，他好大喜功，为了对付辽国，居然想出了“联金攻辽”的计策。

他可能以为这是个妙计，却不料完全是一出昏着儿。宣和二年（公元 1120 年），北宋与金结盟攻打辽国。正是在此次战役中，金军发现，原来看似强大的宋军根本军纪涣散、不堪一击。宣和四年，金军顺利地攻下了辽都中京，作为盟军的宋军无不欢呼雀跃，却不知道，他们已将弱点完全暴露给了金军，即将迎来才出狼穴、又入虎口的命运。

不过是击败辽军三年之后，金兵即大举南下，直取北宋的首都汴京。宋徽宗大惊之下，又想出了一着推卸责任的昏着儿，急急忙忙把皇位传给了儿子赵桓，是为宋钦宗。所幸在军士们的竭力抵抗下，金兵搜刮到了金银财宝后就退军了。

钦宗可能是大宋最倒霉的皇帝了，上位不到一年，金兵就又来攻打汴京了，这一次远比上次顺利，很快就攻陷了京城。徽宗连同其替罪羊钦宗一同被俘，他们和三千多赵氏宗室及大臣被金兵押往金国。

堂堂一国之君，在去往金国的泥涂中，被异国的士兵呵斥如牛马，连大小便也不容停下来解决。一路上哭声震天，臭不可闻。徽宗本人曾掉到河水里，差点淹死了，又被拉了起来，一直被赶到了北方的苦寒之地。

也许淹死对他来说反而是种解脱，到了金国之后，他和儿子钦宗分别被封为“昏德公”与“昏德侯”，在白山黑水之间过完了屈辱的一辈子。在那里，他曾无数次回望万里江山，却再也没有机会重新回到故乡。

徽宗第九个儿子康王赵构，因被派往河北任命，堪堪逃过一劫。这位原本毫无继位可能性的皇子，已是大宋皇朝唯一的继承者。在臣子们的拥立下，他于南京应天府（今河南商丘）匆匆即位，是为宋高宗。北宋王朝正式落下帷幕，宋朝由此进入了偏安一隅的南宋时代。

金军破城之日，正是靖康元年，史称“靖康之耻”。这是一场令所有宋人蒙羞的耻辱，但凡有点血性的人，都对这场耻辱念念不忘，南宋爱国名将岳飞就在《满江红》中说：“靖康耻，犹未雪。臣子恨，何时灭！”

徽宗赵佶为他的轻佻付出了惨重的代价，多少算是咎由自取，真正可怜的是汴京城内乃至举国上下那些无辜的老百姓。城破之后，这些手无寸铁的百姓只有任人荼毒，金人一路奸淫掳掠，烧杀抢夺，他们到达汴京后，将城外宗室的墓一一掘开，用棺材做马槽，将尸体抛于荒野，导致瘟疫暴发，尸横遍野。

大好河山，从此悉数沦陷在金人铁蹄之下，老百姓纷纷向南逃亡，逃不掉的就不得不留在北方，被迫接受异族暴虐的统治。

国破的消息传来时，清照夫妇还在淄州境内。可以想见，他们的心情有多沉痛，汴京城，这座当时世上最繁华的城市之一，留下过他们多少的欢声笑语，转眼间就在金人的肆虐下灰飞烟灭。

清照在《〈金石录〉后序》中写道："闻金寇犯京师，四顾茫然，盈箱溢箧，且恋恋，且怅怅，知其必不为己物矣。"她和明诚，本来只想偏居在山东一隅，远离朝堂上的纷争，远离政治上的钩心斗角，与世无争，与人无尤，安安静静地老于是乡。可在战火纷飞的年代里，谁都没办法独善其身，战争的残酷之处，就在于会将每一个无辜的人都卷入其中。

这是乱世中人共同的命运。生在乱世，无人可以幸免。

也许正是意识到这一点，清照环顾着这些年来搜集的文物、字画时，心中一片茫然，这些装满了箱子的文物，凝聚了她和明诚多少的心血啊。每一件、每一样，一张画、一纸书，都是他们珍爱不已的宝贝。当清照的目光在这些珍品上一次次流连时，可能已经预感到，这些都将流落四方，不可能为自己所有了。

她描述自己此刻的心情，"且恋恋，且怅怅"，她为之恋恋不舍的，不仅仅是这些文物珍品，更是那一去永不回的平静书斋生活。

偌大的世界，已经容不下一张安静的书桌了。山东离汴京并不远，战火很快就会烧到此地。动乱之中，这对酷爱金石成癖的夫妇，首先想到的并不是如何避乱，而是如何保全文物。

屋漏偏逢连夜雨，就在他们筹划之际，家中传来噩耗，明诚的母亲郭氏在江宁去世了。得知消息后，明诚当即飞赴江宁奔丧，走时还带上了十五车文物，这在《〈金石录〉后序》中同样有记载："既长物不能尽载，乃先去书之重大印本者，又去画之多幅者，又去古器之无款识者，后又去书这监本者，画之平常者，器之重大者。凡屡减去，尚载书十五车。至东海，连舻渡淮，又渡江，至建康。青州故第，尚锁书册什物，用屋十余间，期明年春再具舟载之。"

很显然，对于文物的去留，他们经过了一番周密的计划。由于所藏文物过多，不得不忍痛割爱，放弃了一大批相对来说没那么珍贵的古器字画。若在和平年代，让他们放弃任何一件恐怕都难以割舍，但战乱之中不得不做出选择，他们收藏的物品也着实丰富，几经筛除，去掉了那些过重、过大的书籍，以及未有标志、落款的古器，比较易得的普通书画之后，居然还有十五车之多。

这十五车珍品文物，由赵明诚负责运往江宁，他走的是水路，一路上连舻渡海，又渡江，才将这些藏品运到目的地。江宁也就是如今的江苏南京，离汴京较远，又有长江为天堑，算是比较安全的地方了，将文物运往此地，可以确保这些物品不被战火殃及。

至于清照呢，并没有一起前往江宁，而是回到了青州老家。

按照夫妻间的约定，她的任务是暂时留在青州，将留在此地的大量文物字画翌年春天再运往江宁。

战乱年代，明诚居然敢于让清照一人担当起如此艰巨的任务，一来可见他对妻子的信任，二来也可见清照的独立和勇敢。毫无疑问，在他心目中，把文物交给妻子是完全可以放心的，她值得他的信任。

可惜人算不如天算，即使清照冒着遭遇战争的危险留在了老家，青州的文物还是没有保住。建炎元年秋，青州发生兵变，同年十二月，金兵攻入青州，旧居中那十来屋的藏物竟然被付之一炬，“凡所谓十余屋者，已皆为煨烬矣”。

危急之中，清照虽无力保全所有的藏品，只得将一些小件的珍品带在身上，匆匆奔往南方，在镇江时又遭遇强盗，等到了江宁时，手上就只剩下了《赵氏神妙帖》等寥寥几件藏品了。

明诚在此帖的跋中曾详细记载此事：“此帖章氏子售京师，余以二百千得之。去年秋西兵之变，余家所资，荡无遗余。老妻独携此而逃。未几，江外之盗再掠镇江，此帖独存。信其神工妙翰，有物护持也。”

《赵氏神妙帖》是北宋著名书法家蔡襄所书，明诚在汴京时花了二十万钱从东京章氏人家购买而来。他认为此物历经兵变和盗匪仍能得以保存，是冥冥中有神明庇佑。明诚此话差矣，此帖的保全，与其归功于神明，倒不如归功于他的妻子，若没有清照的话，此帖怕早已流落无踪了。她知道这是丈夫的心爱之物，所以才拼命保全了下来。

可恨的是，青州的归来堂连同其中贮藏的物品，都化为了灰烬。他们费尽心力营造的一方世外桃源，就此毁于战火。清照和明诚，就如走出了桃花源的捕鱼人一样，再也回不到那落英缤纷、芳草鲜美的人间仙境了。

所幸清照千辛万苦，终于来到江宁与明诚相聚，风雨飘摇的年代，能够和亲人相守已经是不幸中的大幸了。

空梦长安

江宁，也就是今天的南京，宋高宗时改名为建康。此地地势虎踞龙盘，为六朝古都，城内外古迹众多，是一处人文荟萃之地，清时吴敬梓作《儒林外史》时提到此处，不禁借书中人之口称赞道："便是菜佣酒保，也有六朝烟水气。"

对于清照来说，江宁却是一处伤心地，它既是她北下的第一站，也是她逃亡的始发站。她的后半生，是个流寓他乡的异乡人，划下她颠沛流离起点的地方，正是江宁。从此地出发，她开始从异乡回望故乡，一种深沉的家国之思取代了曾经的儿女情长，让她的词风由清新变为沉健。

她到江宁时，明诚已任江宁知府。显然新晋为皇帝的宋高宗很重视赵氏兄弟，明诚三兄弟都官居要职。江宁是南方重镇，高宗一度拟将江宁定为首府，居然令明诚镇守江宁，可见对他的厚待。按照当时的礼制，明诚兄弟仨本应解职守母丧三年，称为"丁忧”。但在朝廷急需人才的关口，也顾不上拘这些旧礼了。

宋高宗建炎二年春，明诚刚被任命为江宁知府不久，正逢清照从山东渡江而来，乱世中夫妻团聚，其情其景，令人想起杜甫诗中所说的场景，“夜阑更秉烛，相对如梦寐”。其后，清照的弟弟李迒、明诚的兄长思诚等都先后从各地会聚到了江宁。

亲人们久别重逢，又兼夫君新官上任，这一年的上巳，清照夫妇在家中设宴，款待前来祝贺的亲朋好友们。

上巳，在古代是个特别隆重的节日，起源于汉时，魏晋时定为农历三月初三，这一天，人们会结伴到水边饮宴、郊外踏青，男子会效仿王羲之等人的兰亭集会，来一番“曲水流杯之饮”，女子们则纷纷采兰佩芷，以驱除邪气。这一风俗以唐时为盛，宋朝犹有遗风，之后就湮没无闻了。

清照所写的《蝶恋花·上巳召亲族》一词，正是对这一风俗的再现：

永夜恹恹欢意少，空梦当时，认取长安道。为报今年春色好，花光月影宜相照。

随意杯盘虽草草，酒美梅酸，恰称人怀抱。醉莫插花花莫笑，可怜春似人将老。

“永夜恹恹欢意少”，“恹恹”二字，奠定了这次家宴的基调——这注定是一次强颜欢笑的聚会。

清照此时的生活，正如暴风雨之间的短暂宁静，所以她才有闲暇来召集亲戚们聚会饮宴，草草杯盘，虽有些简单，但有酒菜、有梅子，也可供亲友们一醉了。可惜的是，美好的春光月色，精心准备的梅子美酒，都不足以给词人带来欢乐，反而勾起她的万千心事。

花光月影之间，酒美梅酸之际，本应开怀畅饮才是，词中却始终笼罩着一层愁绪。这愁绪，不是悲春，不是伤离，而是一种对故国的深沉思念。

“空梦当时，认取长安道”，长安本是汉唐时的故都，被后人用来代指京城，清照心目中的长安，便是北宋的都城汴京。在梦里，她仍清楚地记得那里的大街小巷，可见其忆念之切，但那也只是在梦里而已，一个“空”字，可见其失望之深。

酒宴之上，词人一直试图强自开解，借酒消愁。最后她终于如愿以偿地醉了，“醉莫插花花莫笑，可怜春似人将老”。插花本是北宋洛阳人的风俗，欧阳修在《洛阳风俗记》中有载：“洛阳之俗，大抵好花，春时城中无贵贱皆插花。”清照由北方逃到江宁，一插花就会引起故国之思，所以她才提醒自己“莫插花”，插花的话，一怕又起思乡愁绪，二怕自己芳华已逝，恐要遭到花儿的嘲笑。

年年岁岁花相似，岁岁年年人不同。花谢了明年还会再开，春去了明年还会再来，可人老了却没有岁月可回头，今生今世，怕是再没有机会重返北地，插花满头了。她已失去了家园，失去了故国，又失去了青春，这才是最最令人悲伤的事情。

对比年轻时的恣意飞扬，清照的词中多了一种沉甸甸的意味。这种意味，只有饱经沧桑的人才能够体会得到。至此，她已经正式和青春作别，进入了哀乐中年。所谓哀乐中年，是指人到了中年之后，痛苦和欢乐的感受都远比年轻时更为深刻真切。

人到中年，似乎格外容易伤感。《世说新语·言语》中记载说："谢太傅（安）语王右军（王羲之）曰：'中年伤于哀乐，与亲友别，辄作数是恶。'"多情之人，与亲友离别都会伤怀数日，何况是像清照这样远离家乡，痛失故土。

这亡国之恨，思乡之情，如何才能够忘却呢？在大约作于同一时期的《菩萨蛮》中，清照给出了自己的答案：

风柔日薄春犹早，夹衫乍著心情好。睡起觉微寒，梅花鬓上残。
故乡何处是，忘了除非醉。沉水卧时烧，香消酒未消。

南国春早，南方的春天总是来得比北地早一些，江南的春光本就妩媚至极，早春时节，虽说阳光还比较微弱，春风已变得柔和，天气渐渐暖和起来。词人早早地脱下了臃肿的冬装，换上了春日的夹衫，沐浴在这吹面不寒的杨柳风中，心情也无端好了起来。

毕竟春寒料峭，她一觉醒来之后，觉得微微有些冷，鬓上斜插的梅花也已凋残。她忽然惊觉，原来所处的地方，并非熟悉的故园，而是异地他乡。

她的心情一下子由欢欣转为低落，忍不住喊出了“故乡何处是，忘了除非醉”。这实在是饱含痛楚的悲呼，说明她无时无刻不在思念着她远方的家园。在并不遥远的北方，她的出生地明水，她成长的地方汴京，她甘心老于是乡的青州，都已化为金军治下的沦陷地。

“忘”正好表明不能忘，正因为思乡之情将她折磨得无声无息，她才只好遁入醉乡，借一醉来暂时停止对故乡的思念。她之所以如此强烈地盼望着能够“一忘”，不仅是因为日夜思乡太过痛苦，更因为回乡的无望。大好河山，早已沦为牛羊膻腥之地，以南宋的怯弱，根本没有收回失地的希望。故乡，是注定回不去了的，只有在醉梦中，才能故地重游。

沉水香是她临睡前焚烧的，等梦醒之后，香气已经消散，酒意却未曾消散，一同不曾消散的，还有她醒里梦里也忘不了的乡情乡思。

“故乡何处是，忘了除非醉”，这种思念故园的悲呼，足以与李煜的“梦里不知身是客，一晌贪欢”媲美。同为异乡沦落客，他们一个借酒来消愁，一个借梦来逃避，可醉里梦里的片时欢愉，终究驱遣不了萦绕在胸的悲情郁怀，故国早已不堪回首，可他们总是忍不住频频回首，明知不该想却又偏偏去想，想忘掉偏又记起。

作为一个异乡人，南方与北方迥异的风物，无不勾起清照客居他乡的痛苦，一个雨夜，雨水敲打在芭蕉叶上，淅淅沥沥不停，扰乱了她的清梦。一直难以入眠的她忍不住披衣起床，挥笔写下了这首《添字丑奴儿·芭蕉》词：

窗前谁种芭蕉树？阴满中庭。阴满中庭。叶叶心心舒卷有余情。

伤心枕上三更雨，点滴凄清。点滴凄清。愁损北人不惯起来听。

芭蕉是南方常见的植物，北方却属罕见。芭蕉叶子阔大，蕉心长卷，一叶叶，一层层，不断地向外舒展，南方人爱将其种在庭前，欣赏其自由舒展的姿态。

夜雨芭蕉同夜雨梧桐一样，是秋日里最撩人愁绪的景象，更何况这卧听雨打芭蕉的，是一个流寓于南方的北方来客。

读清照的词，常会误以为她是个灵秀温婉的江南女子，实际上她生于山东，长于汴京，是位不折不扣的北地胭脂。看惯了北方灿烂的阳光，熟悉了北方干燥的天气，突然来到这江南烟雨之地，夜听雨打芭蕉之声，一声声，一滴滴，都打在她的心上，刺痛了她的“故园心”“离人耳”。

当时流落南方的“北人”，又何止清照一个，随着宋室南迁，千千万万个北方的老百姓不得不逃离故土，流落他乡，这南方的雨啊，一点一滴都落在他们的心上，让他们的心中一片潮湿。江南的雨，看在北方来客的眼中，点点都是离人的泪。

江南，原本是许多人向往的地方，暮春三月，草长莺飞，杂花生树，多少文人墨客为之尽情讴歌。江南有“二十四桥明月夜”的旖旎，有“春水碧于天，画船听雨眠”的情调，可对清照这样的北方人来说，江南再美，也不是他们的故乡。

记得以前看金庸的《白马啸西风》，结尾令人怅然不已。“白马带着她一步步回到中原。白马已经老了，只能慢慢地走，但终是能回到中原的。江南有杨柳、桃花，有燕子、金鱼……汉人中有的是英俊勇武的少年、倜傥潇洒的少年……但这个美丽的姑娘就像古高昌国人那样固执：‘那都是很好很好的，可是我偏不喜欢。’”

对清照来说，对千千万万流落南方的北宋遗民来说，江南就是这样一个地方，“那都是很好很好的，可是我偏不喜欢”。

他们不是固执，他们只是依恋自己的故乡。可他们念兹在兹的故乡，是再也回不去了。

踏雪觅句

转眼到了建炎二年秋，清照到江宁已有一段时间了，尽管还是心念家国，但对南方也逐渐熟悉起来了。她毕竟是热爱生活的，纵然是在风雨飘摇的年代里，仍然坚守着对生活的一种情趣。

尽管在建康只待了一年多，仍然可以看到，她努力保持着南渡前的种种习惯，力图在苦闷中去寻找一点点生活的趣味。

梅花和酒，依然是她的挚爱，每年梅花开的时候，她仍然和以前一样头簪梅花，寻醉花间，“夜来沉醉卸妆迟，梅萼插残枝”。闲坐闺中，环绕着她的依然是袅袅香烟，长日无事，她仍会像以前一样烹茶醒酒，“酒阑更喜团茶苦，梦断偏宜瑞脑香”。春天上巳时，她会强打精神，召集亲族共同饮宴；秋天重阳日，她也会像往年一样把酒东篱，持蟹赏菊，“不如随分尊前醉，莫负东篱菊蕊黄”。

也许这样的姿态未免有些故作豁达，也许这样的相聚只不过是强颜欢笑，但这正表明了她向上的生活态度——她不会让战乱剥夺掉自己生而为人的全部乐趣，这是一种坚持，一种固守，一种另类的不妥协。命运越是失控，人越需要活出精气神。一个人的坍塌，往往是在生活细节上开始的，所以更需要在日常的一饮一啄、一衣一食上构建生活的秩序感。

那时的人以汉文化为正统，金军占领北方，被很多人看成是文明的摧毁，身为北宋遗民的清照，试图保存的正是那一簇文明的微光，当然于她来说可能只是出于生活上的惯性。这点光虽然微弱，亦足以照亮长夜，使文明复兴的信心不至于完全沦丧。

战争摧毁了她的家园，她便尽力在他乡再建一个精神上的家园。她的煮茶填词、东篱赏菊，并不仅仅是逃避，更是一种重建，对昨日世界的重建。

清照是春天来到江宁的，到了冬天时，等心情稍微安宁下来，她又开始寻找生活中的闲情逸致了。宋人周煇在笔记杂史《清波杂志》卷八中记载说："顷见易安族人，言明诚在建康日，易安每值天大雪，即顶笠披蓑，循城远览以寻诗，得句必邀其夫赓和，明诚每苦之也。"

诗人们有雪中觅诗的传统，晚唐宰相郑綮有句名言，"诗思在灞桥风雪中驴子背上"，相传唐时孟浩然情怀旷达，常冒雪骑驴寻梅，事后常有佳句，可见雪从来都是诗人的灵感来源。

被称为“咏絮之才”的清照，自然对雪有一份天生的亲近，也爱向风雪之中寻觅诗思。住在建康城中时，每当大雪纷飞的天气，她便头戴着斗笠，身披着蓑衣，登上城楼举目远眺，寻找吟诗作词的灵感。一旦得到了好的诗句，她必定会邀请明诚唱和，明诚每每为此感到苦恼。

这样的佳兴，不禁让人想起当年清照以《醉花阴》词寄明诚，明诚闭门三日三夜，做五十阕词，想和妻子一较高下的韵事。

如今，明诚一来忙于公务，二来自知才气远逊于妻子，尽管勉力唱和，也只不过是为了不扫妻子的兴，自己着实有些为难。只有清照，某种程度上仍保持着昔日的少年心性，仍然是那样兴致勃勃，那样诗思遄飞。“每苦之”三个字背后，仿佛能看见一个甘拜下风的丈夫和一个争强好胜的妻子。

当清照笑着吟出雪中觅来的佳句，自信夫君不能胜过时，可能完全没有想象到，这已经是他们夫妻间最后的幸福了。

人是无法脱离环境的影响的，随着时局的恶化，金兵步步紧逼，大宋步步后退，局势重新恢复到了剑拔弩张的紧张局面。尽管清照竭力想重建一个昨日世界，可这个世界是构筑在流沙之上的，顷刻间就有可能一触即溃，她的心情时而昂扬，时而低落，到了寄居江宁的后期，低落已经占据了上风。

南宋朝廷当时正在热议是否定都江宁，可见这群君臣早已忘了靖康之耻，只顾着营造自己偏安一隅的小朝廷。建炎三年的元宵佳节之前，朝廷上下浑似已忘了前尘旧事，开始张灯结彩，喜迎佳节。

以清照在时局上的识见，肯定能看出此时朝廷的岌岌可危，她若身为男儿身，还可以学李纲岳飞（岳飞是南宋名将，晚于清照而生）那样沙场杀敌，精忠报国。可身为一个女子，她只能终日幽闭在庭院深深的院墙之中，不管是身处的小环境，还是风雨如晦的大环境，都让她感到苦闷，感到窒息，感到前所未有地想冲破这一切束缚。

在作于江宁期间一个元宵节前的两首《临江仙》中，这种苦闷和窒息之感一览无余。

其一

庭院深深深几许？云窗雾阁常扃。柳梢梅萼渐分明。春归秣陵树，人老建康城。

感月吟风多少事，如今老去无成。谁怜憔悴更凋零。试灯无意思，踏雪没心情。

其二

庭院深深深几许，云窗雾阁春迟。为谁憔悴损芳姿。夜来清梦好，应是发南枝。

玉瘦檀轻无限恨，南楼羌管休吹。浓香吹尽有谁知。暖风迟日也，别到杏花时。

词前有小序：“欧阳公作《蝶恋花》，有‘深深深几许’之语，予酷爱之。用其语作‘庭院深深’数阕。其声即旧《临江仙》也。”

欧阳修的《蝶恋花》在当时就脍炙人口，原作如下：

庭院深深深几许？杨柳堆烟，帘幕无重数。玉勒雕鞍游冶处，楼高不见章台路。

雨横风狂三月暮。门掩黄昏，无计留春住。泪眼问花花不语，乱红飞过秋千去。

“庭院深深深几许”，用来形容古时女子与世隔绝的寂寞深闺生活最是贴切，难怪能引起清照的深深共鸣，叹赏之余，还忍不住袭用欧阳修的成句填了两阕词。

两首词中都充满了一种百无聊赖的情绪和无能为力的心态。先看第一首，宋时风俗，尤重元宵，每逢元宵，灯市总是光彩如昼，往往节前几天就陆续张灯，称为“试灯”。可这个元宵节，词人什么都提不起兴致来，不想去赏灯，也懒得去踏雪。她明明知道，江南的春天已经到来，“柳梢梅萼渐分明”，却宁愿困守在深深庭院之中，无心去感月吟风。

春天的到来，并没让她觉得青春焕发，反而提醒着她的老去。“春归秣陵树，人老建康城”，秣陵和建康，都是南京的别称，这建康城中，又一度春光来临了，可城中客居的人却年华老去了。“人老建康城”尤为沉痛，本是北方之人，却将老死南陲，叫人情何以堪！

换片的时候，又出现了一句“如今老去无成”。短短一首词内，“老”字居然出现了两次，以其频率而言，简直令人触目惊心。

时间的流逝是如此无情，此时的清照，已经年近五十，好强如她，也不得不承认，这是一个临近老去的年龄了。

这种对韶华易逝的担心，在第二首《临江仙》中更是坦露无疑。此词是一首咏梅之作，只是所咏的梅花，已经不是“香脸半开娇旖旎”的娇美之态，而是“玉瘦檀轻无限恨”的憔悴之姿了。

以梅喻人，从梅花的浓香吹尽，可以想见词人的芳姿日损。宛转蛾眉能几时？须臾鹤发乱如丝。当年绮年玉貌的少女，如今已到了两鬓生华的年龄，谁又会怜惜她的憔悴和凋零？眼看着残梅的浓香就要被吹尽，那春天的东风，能否迟一些到来，别让盛开的杏花一下子就取代了枝头的梅花。

红颜弹指老，刹那芳华。担心梅花被杏花取代，似乎隐隐透露出清照对新人取代旧人的忧心。江宁期间，明诚担任此处的最高长官，忙于公务的他可能没时间也没心思来陪伴妻子，清照终日处于深闺之中，不经意就流露出了心底的落寞无奈。

寓居江宁的短短一年之内，清照所作之词，大抵是幽愤之作，如果说诗有诗谶的话，词也有词谶。江宁，最终成了她和明诚死别之处，“人老建康城”之句，一语成谶，只是客死建康的人，不是清照，而是明诚。

乌江赋诗

北宋覆灭后，清照及无数故园被毁的“北人”日夜盼望着宋军能收复失地，杀回北方去。可惜宋室南渡之后，宋高宗只顾着苟且偷安，他一味只想向金人屈膝求和，赶走了主战派李纲等大臣，听信奸臣秦桧，全然已经忘记了靖康之耻。

这样的奇耻大辱，却是千千万万爱国志士所须臾不能忘的。清照此时关心的重点，也从个人的悲欢离合扩大到了国家的命运起伏上。她素来敢说敢做，当年父亲李格非被赶出京城，年方二十的她就敢向公公赵挺之献诗救父，如今当此国仇家恨之际，她又岂会坐视不理？

宋人庄绰《鸡肋编》中记载：“时赵明诚妻李氏清照亦作诗以诋士大夫云：‘南渡衣冠少王导，北来消息欠刘琨。’又云：‘南游尚觉吴江冷，北狩应悲易水寒。’后世皆当为口实矣。”

这两句诗，真是字字铿锵，句句有力，掷地当作金石声。人们对清照的印象历来是温柔婉约，这种印象可能来自她的词作，可只要读她的诗，就会发现她其实是秀中有骨，柔中有刚。比如这两联诗句，就展现了她性格中金刚怒目的一面。

“南渡衣冠少王导”，用的是东晋时名相王导的一个典故。晋朝分为西晋和东晋两个阶段，西晋原本定都洛阳，因“五胡乱华”之后，首都被占领，晋人被迫南渡，改立建康为都。东晋之初，南渡过来的士大夫们常常在一起饮酒聚会，一次在新亭聚会时，其中有个人长叹着说：“江南的风景不比我们北方的差，可惜山河却已变换了主人。”座中诸人听了，纷纷落泪感叹。只有宰相王导拍案而起，豪迈地说：“应当共同合力效忠朝廷，最终光复祖国，怎么可以相对哭泣，如同亡国奴一样呢？”

“北来消息欠刘琨”中的刘琨和王导是同时代人，也是辅导晋元帝登基的大功臣。成语“闻鸡起舞”说的就是刘琨年少时，与朋友祖逖相约每日一听到鸡叫就起来勤练武功。晋室南渡后，刘琨坚决不离开太原，他以此为根据地，在左右强敌环伺的环境下安抚流民，吸引了一大批抗击匈奴、羯人的志士，成了晋在中原的少数几个存留抵抗势力之一。

晋室南迁，和宋室南渡是多么类似的经历，可恨的是，南宋缺少的是王导、刘琨这样的忠臣良将。这样的指责可能苛刻了点，其实南宋不乏像李纲、宗泽、岳飞这样的抗金名将，可在朝廷中占据上风的是秦桧这样的主和派，主战派被打压得连上战场的机会都没有。

江南的暖风，早已将仓皇南渡的宋室君臣吹得骨头都软了，上自皇帝，下至臣子，早已安心偏居一隅，只求能保住残留的半壁江山。满朝文武中，多的是奴颜媚骨的软骨头、娘娘腔，少的是一腔热血的血性汉子，这种形势下，难怪清照会忍不住写诗讽刺他们。

当年五代时后蜀被宋太祖派军攻占后，后蜀君王孟昶的宠妃花蕊夫人含恨赋诗说："君王城上竖降旗，妾在深宫那得知。十四万人齐解甲，更无一个是男儿！"

清照此诗，和花蕊夫人的用意相似，她正是在骂那些只知苟且偷安的臣子，就没有一个是血性男儿！都说男儿阳刚，女子柔弱，可这两个敢于秉笔直言的女子，骨头倒比那些只知贪生怕死的男儿要硬上几分。

清照的另一联诗句更是将矛头直接指向了宋高宗，"南游尚觉吴江冷"，是指宋高宗一路从北地逃到南方，在气候温暖的吴淞地区尚且还会觉得江水寒冷，更何况他那被拘禁在北方的父亲和兄长，在那样的严寒之地还不知要承受什么样的苦楚。

徽宗和儿子钦宗一同被俘，史书上委婉地称为二帝"北狩"，说他们去北方打猎了，其实是金军南下打猎，猎物正是宋朝皇帝和他的子孙后妃们。“北狩”的说法，无异于一条欲盖弥彰的遮羞布。

清照此诗，却毫不犹豫地撕下了这块遮羞布，等于借诗来质问宋高宗：你的父亲和兄长尚在北方受苦，你怎能如此懦弱胆小？迎接徽、钦二帝回国，一直是许多爱国之士的共同心愿，岳飞就高喊过要“迎回二圣”。他们不知道高宗心中的小九九，若是真的迎回了二帝，那还有他的位置吗？出于自己的利益考虑，高宗根本就顾不上也不想顾及他的父兄了。

这破碎的山河看来是无人收拾了，最可怜的是那些等待宋军去收复失地的北方老百姓，“遗民泪尽胡尘里，南望王师又一年”，可惜他们再也盼望不到了。

贪生怕死的风气笼罩了整个南宋王朝，当清照写诗怒斥那些软弱无能的君王臣子时，可能没想到，她的夫君却没办法和她一样同仇乱忾，反而做出了一件让她蒙羞的事来。

那是高宗建炎三年二月（公元 1129 年），已在江宁担任了一年半知府的赵明诚刚收到一纸调令，即将转任湖州知州。就在他还未赴任的一天深夜里，江宁发生兵变，御营统制官王亦企图谋反作乱。此事被江宁转运副使李谟发现了，他赶紧通知了赵明诚。

明诚自认为已收到调令，不再是江宁知府，居然选择了对作乱之事袖手旁观。这样的逻辑，简直就是强盗逻辑。在兵变危及百姓生命财产的时候，任何一个有良知、有责任感的官吏都不会弃百姓于不顾。

幸好李谟是个有担当的人，当发现长官置之不理时，他以一己之力承担了护城的责任。他调动自己手下的部将，又召集了一些民兵，埋伏在乱兵必经的道路两旁。幸好有了他的有力防范，乱兵最终无法攻入江宁城内，只得从南城门逃亡而去。

对比起来，更显得赵明诚的怯懦。当李谟第二天进城向他汇报时，才发现这位江宁城的最高长官，昨夜已与通判毋丘绛、观察推官汤允恭一同“缒城宵遁”了。也就是说，这三位江宁的父母官，在叛兵来袭之夜，偷偷地从城墙上吊下绳子，狼狈不堪地逃跑了。

这样的事，实在是太不光彩、太过龌龊了。不管明诚拿出什么样的理由来，都不足以为他开脱。

这可能是明诚生命中一个无法抹去的污点了，当他和另外两位长官一起连夜逃走时，可曾想过，如果乱兵攻入城中，遭殃的不仅是满城百姓，还有他相伴数十载的妻子。可以想见，得知丈夫抛下自己连夜逃跑的事之后，清照的心情有多么沉痛和无奈，她可以正气凛然地直斥当朝最高统治者，却没办法严厉地指责枕边人。

至少从她现存的诗文来看，没有发现评论此事的只言片语，她只是在回忆中淡淡地说起，丈夫是在建炎三年被罢黜，同年又被重新起用的。

面对他的懦弱和自私，她又一次选择了包容和谅解。她本来是个眼里容不下一粒沙子的人，此刻却无法苛求丈夫，多年的相濡以沫，早已将他和她的命运牵系在一起，一荣俱荣，一损俱损，她没有办法割舍掉对他的依恋，那就只有将那些悲凉和难堪都拼命咽下去。

事发之后，明诚遭到了罢官的处分，清照则选择了荣辱与共、不离不弃。江宁待不成了，湖州也不用去了，他们只得买舟在安徽芜湖、当涂一带游弋，并准备在赣水之滨定居。路过乌江时，他们上岸拜谒了霸王祠，清照有感于西楚霸王的英雄气概，挥笔写下了这首辉映千古的《乌江》：

生当作人杰，死亦为鬼雄。
至今思项羽，不肯过江东。

这首诗又是她“倜傥有丈夫气”的一个力证，短短二十字，却写得力透纸背，壮怀激烈。西楚霸王项羽是一个悲剧英雄，楚汉相争时，他被刘邦逼到乌江一带，身边士卒尽亡，只剩下了一匹乌骓马。乌江亭长准备了一艘船，劝他说："江东地方虽不大，也可以聚集数十万人马，大王您还是先渡江再说吧。"项羽却仰天长笑，说："这是天要亡我啊。当年我项羽率领江东子弟渡江而来，屡战屡胜，创下了多少丰功伟绩，如今他们全部战亡了，我还有何面目见江东父老？"说完后就拔剑自刎了。

项羽慷慨赴死的气概，数百年后仍令心怀热血的人追慕不已。清照此诗，正是称赞他活着时活得顶天立地，即便是死也死得光明磊落，这样的盖世英雄，岂不胜过那些缩头缩脑、只知道望风就逃的无胆鼠辈！在她看来，宁肯杀身成仁，也好过苟且偷生。

真不知道身为她的夫君，明诚看了这首诗后会作何感想。他刚刚有过临阵脱逃之举，和妻子的豪气干云一对照，是否也会暗暗觉得羞愧？

面对生死的抉择，女人常常显得比男人更为勇敢。清军即将攻破南明小朝廷时，名妓柳如是劝夫君钱谦益以身殉国，自己也甘愿一同赴死。钱谦益却在试了试水温后，对柳如是说："水太凉了。"然后从此打消了死志，后来还做了清朝的官。

怯懦者永远能够为自己找到苟活下去的借口，只有血气方刚的人才能够为了尊严连生命都舍弃掉。

所以清照在经过乌江时，才会如此怀念那个可杀不可辱的西楚霸王。在一个没有英雄的年代，她只有借着对已逝英雄的追忆，来激励南宋民众投入到抗金战争中。

万马齐喑中，这样的呼声是多么可贵，只可惜永远都唤不醒那些麻木懦弱的人。

梧桐半死

宋高宗建炎三年五月，明诚偕清照辗转到了池阳（今安徽贵池），就在这里收到了朝廷的旨意，他被重新起用为湖州知府，这距离他被罢官还不到三个月。可见在那样的形势下，临阵脱逃的大有人在，朝廷正在用人之际，只是象征性地处罚了他一下，很快就委以新任了。

此时宋高宗在金人的追击下，暂时居于江宁，并将江宁改名为建康。按照当时的惯例，被重新任命的官员得亲自觐见皇帝，以谢恢复官职之恩。明诚一接到朝廷的命令后，立刻就起程回建康复命，由于时间紧迫，他们携带的文物又多，只得让清照暂时安顿在池阳，等他面圣后再一起赴湖州上任。

分别对清照来说早已成了常态，可这次的骤别，却让她有些猝不及防，对未来隐隐产生了不祥的预感。许久以后，她回忆起当日与明诚分开的情景，那一幕清晰得如在眼前：

六月十三日，始负担，舍舟坐岸上，葛衣岸巾，精神如虎，目光烂烂射人，望舟中告别。余意甚恶，呼曰："如传闻城中缓急，奈何？"戟手遥应曰："从众。必不得已，先弃辎重，次衣被，次书册卷轴，次古器，独所谓宗器者，可自负抱，与身俱存亡，勿忘之！"遂驰马去。（《〈金石录〉后序》）

她清楚地记得，那是建康三年六月十三日，明诚将行李安顿好后，坐在岸上，换上了葛制的夏衣，头上缚着头巾，精神十分振奋，就像猛虎一样富有生气，一双眼睛光彩灼灼，望着船内与她告别。

他可能是急于回建康城中去一洗之前的耻辱，所以离去得如此匆忙。临行前，他意气风发的样子永远铭刻在了她的脑海中，这是他留给她最后的美好印象。

而清照的心情显然是有些恶劣的，她独处舟中，对着岸上即将离开的夫君喊道："如果池阳城里局势恶化，我该怎么办呢？"明诚叉着手，遥遥对她说："就随着众人一起逃吧。迫不得已的话，就先扔掉那些笨重的行李，其次是衣服被褥，再次是书画卷轴，最后是古董器皿。只有那些祖宗牌位等宗室礼器，一定要牢牢地带在身边，必须得和宗器共存亡，切记切记！"说完就骑着马一溜烟而去。

从这番临别赠言中来看，不难推测出清照心情不好的原因：兵荒马乱之中随时都有可能会有危险，可这样的关头，夫君对所藏文物以及所谓宗器的重视程度，远远在她这个妻子之上，临行之际，叮嘱的都是如何处理收藏品，却没有只言片语关心到妻子的安危。

他们分开之后，清照那种不祥的预感很快就应验了，只是她万万没想到，出事的不是自己，而是分别时还生机勃勃的明诚。

七月底，留在池阳的清照收到了一封家书。在信中，明诚告诉她，自己一路纵马奔驰，劳顿不堪，又逢天气炎热，不幸染上了疟疾，已病倒在建康。

得知这个消息后，清照忧心如焚，她非常了解丈夫的个性，知道他性子特别急，一发热病的话，肯定会急着吃清热的寒药，寒热相冲，病情只怕会更加严重了。

收到信后她立即起程，连夜从池阳乘船赶往建康，一日舟行三百里，恨不得能马上飞到建康城中。

可她还是慢了一步，等赶到建康时，明诚果然如她所料，吃了大量清热的柴胡、黄芩等药，不仅疟疾没控制住，还患上了痢疾，病上加病，已经回天乏术了。尽管有了妻子的悉心照料，他的病还是一天重似一天，已经没有好起来的可能了。

八月十八日，一病不起的明诚取笔作绝命诗，临终前“殊无分香卖履之意”，没有对妻子留下任何身后之事的交代，就撒手而去了。

明诚的猝然离世，对清照来说无异于五雷轰顶。这一年，她四十六岁，明诚才四十九岁。从十八岁嫁给他之后，他们相依相偎，度过了二十八年相亲相爱的岁月，其间虽有些许波折，总体来说却还是十分美满的。人生的旅程上，他们携手同行，一起共享过雾霭、流岚和虹霓，也一同分担过寒潮、风雷和霹雳。可谁知走到半途之上，他却骤然离去，只留下她一个人独自跋涉在孤独的路途上。

梧桐半死清霜后，头白鸳鸯失伴飞。

死亡像是一个休止符，为她和他的这段美好姻缘画下了一个悲痛的句号。在她完全没有做好准备的时候，他就已经撒手而去，死别已令人心痛不已，更心痛的是，他还来不及和她好好告别，就永远地离开了。

明诚下葬之后，清照挥泪为他写下了一篇祭文，全文已佚，只留下一对残句：“白日正中，叹庞翁之机捷；坚城自堕，怜杞妇之悲深。”

尽管只是两个残句，其中的悲痛之意仍然溢于纸面。白日正中，叹庞翁之机捷，用的是庞公的典故。庞公即庞蕴居士，他和妻子、女儿都是佛教徒。庞公临终之前，令其女灵照出门观看日头，灵照谎报说：“太阳已至中天，但略有侵蚀。”庞公出门观看，灵照趁机坐到父亲的座位上，合掌化灭。在佛教中，能够先化灭是一件好事。庞公回来后见到灵照坐化了，才明白女儿这是用生命在和自己斗机，不禁感叹女儿机锋过人，为了表示甘拜下风，他特意推迟了七天才去世。

清照用这个典故，意在宽慰自己，丈夫明诚在自己之前亡故，总要好过亡于自己之后，这样他就不必承受失去另一半的痛楚了。畏惧死亡本来是人的天性，可一对恩爱夫妻，往往宁愿自己比对方先死，因为逝者已矣，生者却得独自承担永失所爱的痛苦与悲伤。

第二句中的“坚城自堕”，用的是人们熟悉的孟姜女哭长城的典故。杞妇是齐国大夫杞梁之妻，杞梁战死后，她抱着丈夫的尸体在城墙下痛哭，听到的人哀伤不已，连哭了十日之后，莒城因此而崩塌。之后，这个故事逐渐演变成了孟姜女哭倒长城的传说。

清照以杞妇自比，可见在她心目中，夫君明诚就像家中那坚固的城墙，如今这万里长城都塌了下来，她再也无处可以依靠，一念至此，怎能不泪如雨下，痛彻心扉！

明诚并不是个十全十美的爱人，他也许不够有担当，在叛军入城时只顾着自己逃命，也许少了点体贴，临终时都没有给她留下几句叮咛，偶尔可能还曾留恋花丛，逢场作戏。但以那个时代的标准来说，他算得上是清照的佳偶了，至少他欣赏她、包容她，发自内心地爱慕她。他们是相爱的，尽管她对他的爱可能要超过他对她的爱，可那有什么关系呢。要知道在爱情的天平上，从来都没有完全的对等。

如果说在他生前，清照还偶有怨言的话，等他猝然离世后，留给她的就只有怀念了。死亡就像一面滤镜，滤去了逝者曾有的缺点，同时也放大了他的优点。作为明诚的未亡人，她记住的全是他的好处，他去世后很长一段时间内，她都生活在过去的回忆里，快乐像是离她而去了，终日伴随的只有无尽的泪水。

自古以来，越是恩爱的夫妻，似乎越难白头偕老，用情越深的人，就越容易短命，这就是古语中所说的“情深不寿”。

夫妻之间的感情能深到什么地步呢？元代的管仲姬曾写过一首著名的《我侬词》：“你侬我侬，忒煞情多；情多处，热似火；把一块泥，捻一个你，塑一个我。将咱两个一齐打破，用水调和；再捻一个你，再塑一个我。我泥中有你，你泥中有我：我与你生同一个衾，死同一个椁。”相传其夫赵孟頫本想纳妾，在看到这首词后，不由得深深被打动了，再也没提过纳妾之事。

清照与明诚，相濡以沫近三十年，早就像管仲姬词中所写的那样，“情多处，热似火”，“我泥中有你，你泥中有我”，浑然一体，密不可分。可再亲密的夫妻，也得迎来生离死别的那一刻，随着明诚的离世，她生命中的一部分也随之而去了，而且是极为重要的一部分。

孤雁失伴

明诚去世之后，清照的诗词中多了一类主题——悼亡。悼亡类的诗词并不少见，晋时的潘岳、唐时的元稹都写过悼亡诗，宋时文人则转而用词来悼念亡人，其中不乏力作，如苏轼悼王弗的《江城子》、贺铸悼亡妻的《半死桐》、吴文英悼亡妾的《风入松》等，这些诗词基本都是男悼女、夫悼妻。

清照的悼亡诗词，是文学史上少见的妻悼夫、女悼男之作，和苏轼等人的作品相比，表情达意多了一份细腻，添了一些女儿家的情怀。当然，情感都是相通的，这些悼词类的诗词，不管是出自男性之手还是女性之手，都是一样的感人至深、情真意切。

明诚走后的那年秋天，清照写下了一首题为《偶成》的诗：

十五年前花月底，相从曾赋赏花诗。

今看花月浑相似，安得情怀似往时？

明诚是在建炎三年去世的，十五年前为政和四年（公元1114年），正是他们夫妇屏居青州、琴瑟相和时。当年，两人曾携手赏花，相与赋诗，是多么的两情缱绻。如今，花月依然相似，她却早已没有了昔日的情怀。

花前月下，本来是个何等美好的词语，可惜的是，纵然花常开月常圆，人却不能再聚，这年年岁岁浑相似的良辰美景，再也无法教她沉醉其间，反而让她备感失落。

明诚已矣，再美的花朝月夕，从今后也只是虚设。再也没人陪她一起把酒花间，相从赋词；再也没人跟她一道踏雪觅句，燃烛赏画；甚至再也没人与她斗才比诗，赌书泼茶。

透过迷蒙的泪眼往回看，昔日的月色再好，也难免透着些凄清。回首前尘往事，汴京城内的绮陌游赏、青州乡下的花间赋诗、建康楼头的踏雪觅诗，那样的风流旖旎，那样的优雅浪漫，原来都只是一场幻梦而已，梦醒后，只剩她一个人在这世间。

那样的美好不会再有了，花会再开，月会再圆，对于失去了爱人的她来说，心境却已经是开到荼蘼春事了。曾几何时，她和他相约等风平浪静后，再一同归去偕隐山林，奈何这样的憧憬，不过是镜中花、水中月，眼看着就要实现，转眼却已消失无踪。

当一个人无法再拥有的时候，唯一能够做的，就是不让自己忘记。清照也是如此。尤其是在明诚去世后的一两年内，她总是反反复复地回味着往日的情意，咀嚼着当初的甜蜜。在她的眼里，明诚虽然不在这个世上了，他留下的痕迹却无处不在，一件罗衣、一枝梅花都能勾起她对昔日的追忆：

南歌子

天上星河转，人间帘幕垂。凉生枕簟泪痕滋。起解罗衣聊问夜何其？

翠贴莲蓬小，金销藕叶稀。旧时天气旧时衣。只有情怀不似旧家时。

写这首词的时候，很明显她已经是孑然一身。那是一个秋夜，天空中银河不断转动、星移斗转，人世间的帘幕却一动不动地低低下垂，以“天上”对“人间”，其中隐含着“天人两隔”的沉重与无奈。天上的牛郎织女，尚能够以鹊桥相会，地上未亡人和天上逝者的距离，却远比牛女之间的星河还要宽广。

她在这迢迢星河之下伫立良久，直到夜已经深了，枕席也变得凉了。枕簟微凉，本是他们夫妻之间的隐语，遥想当年，清照初嫁时，燕尔新婚，曾经对夫君说过这样的情话：“笑语檀郎，今夜纱橱枕簟凉。”喁喁笑语如在耳畔，如今却只剩下她一个人独眠，当枕席一点点变凉时，越发显得孤枕难眠，泪水不禁悄悄滑落在枕畔。

她本来是和衣而卧的，这时才解衣欲睡。刚刚解下身上披着的罗衣，无意中看到衣上的花纹，又不禁悲从中来。原来这件罗衣，正是昔日所制，衣衫上用翠羽贴出了莲蓬，以金钱织嵌成藕叶，剪裁得是何等精美，可见她生活的优渥和心情的闲适。当初，她也许穿着这件新制的罗衣，和他共数流萤，同望星辰，那时候的岁月有多么好，天地间浑似没半点伤心的事。

这件心爱的罗衣穿了多年，翠羽和金线都已经褪了色，她仍然穿在身上。这个深夜，睹衣思人，不禁发出这样的悲叹："旧时天气旧时衣。只有情怀不似旧家时。"

秋夜天气如旧，凉簟枕席如旧，金翠罗衣如旧，穿着这罗衣的人看似也和旧时一样，唯独那份情怀已经不像从前那样温馨甜蜜了。

旧了的罗衣，她还将继续穿下去，因为它的一针一线、一丝一缕，都曾细细密密地织进了她和他往昔的情意。穿着它，就像他依然陪伴在她身旁，斯人已殁，那些和他有关的回忆却继续存留在她心中，刺痛着她，同时也温暖着她。从某种意义上来说，死亡并不是永别，忘却才是。如果能够被在世的人铭记在心，逝者就能以另一种方式存留于世。

冬去春来，这年的春天，梅花又早早开了，当年为她折梅簪花的那个人却永远不在了，她只有借手中这支笔，来书写对他的绵绵思念：

孤雁儿

藤床纸帐朝眠起，说不尽，无佳思。沉香断续玉炉寒，伴我情怀如水。笛声三弄，梅心惊破，多少春情意。

小风疏雨潇潇地，又催下千行泪。吹箫一去玉楼空，肠断与谁同倚？一枝折得，人间天上，没个人堪寄。

词前有短序说："世人作梅词，下笔便俗。予试作一篇，乃知前言不妄耳。"开门见山地点出了词的主旨是咏梅，但与其说这是一首咏梅词，倒不如说这是一首悼亡词，其情感的真切与力度，足以与苏轼悼亡妻的"十年生死两茫茫"一词相媲美。

一个春寒料峭的早上，她在藤床上醒来，还带着些睡意，四周挂着梅花纸帐，环境是那样清雅，心情却没办法好起来。房间里只有时断时续的香烟相伴，后来香燃尽了，香炉也渐渐冷却，她的心绪就像水一样清冷幽寂。窗外忽然响起了《梅花三弄》的笛声，催绽万树梅花，带来春的消息。

此刻这笛声却只让她心碎，屋外又下起了潇潇微雨，屋里的人眼泪更是止不住地流淌。人去楼空，再也没人与她共享这美好春光。就算是折下一枝开得正好的梅花，也不知道能寄给谁了。

词中又一次用到了弄玉和萧史的典故，曾几何时，她和明诚，也像这对神仙眷属一样双宿双栖，如今她的吹箫人一去永不复返，只留下她在这座空楼中独自徘徊。他们一个人间，一个天上，再也没有相聚的可能了，和生离相比，这般残酷的死别更叫人痛断肝肠。

这首词的词牌名叫《孤雁儿》。大雁对爱情极为忠贞，元代诗人元好问曾经在去太原的路上遇到过一个捕雁人，此人告诉元好问，他曾经捕杀了一对大雁中的一只，另一只逃出网去的大雁并不飞走，而是悲鸣着投地而死。元好问有感于此，将这对大雁合葬之后，还写出了一首《摸鱼儿》，“问世间，情为何物，直教生死相许”的千古名句就出自此词。

失去了明诚的清照，就像一只落了单的孤雁儿，形单影只地活于这世上，再也找不到可以比翼双飞的爱侣。

从今往后，渺千山暮雪，万里层云，只影向谁去？

第六卷

诉衷情

谁怜憔悴更凋零

文物历劫

从靖康之耻到明诚离世，短短三年之间，清照先后经历了国破、夫亡的巨大打击。换作其他女性，可能早已经承受不起如此锥心之痛，清照却在一系列变故中迅速地成长起来，开始显露出性格中极其坚韧的一面。

安葬好明诚后，她大病了一场，病愈之后，上天没有给她太多喘息的时间，金兵又开始南下攻掠，宋高宗闻风而逃。还沉浸在丧夫之痛中的清照蓦地意识到，这个时候，已经不容许自己继续感伤下去，因为她还有更重要的任务，那就是保护好手头的古器字画，那是她和亡夫爱情婚姻的结晶，她知道，明诚将这些收藏品看得比性命还要重，绝不能任其流落在金人的手里。

这时清照手里还有约两万卷书、金石刻约两千卷以及其他一些藏品，作为一个孤寡弱孀，手头有这么多宝物，是容易招人眼红的。觊觎这批藏品的大有人在，明诚去世还不到一个月时，御医王继先来到她家里，提出要拿三百两黄金买下她手中的古物。王继先是高宗的御用医生，深得皇帝宠信，他此举极有可能曾获得高宗的授意。幸好明诚的表兄谢克家正任兵部尚书，闻讯后对高宗进言说，这样的行为恐怕有伤皇上您的圣德，高宗听后批示让王继先罢手，这才保全了明诚留下来的藏品。

从建炎三年七月开始，金国大将金兀术先后攻取南京（今河南商丘）、滁州（今安徽滁县）等地，宋高宗派人前往求和，但金军置之不理，仍然大举发兵。

建康城已经岌岌可危，宋高宗仓皇逃走了，仍在城中的清照第一时间考虑的不是自己的安危，而是手头文物的安置。危急之下，她考虑到将这些藏品托付给明诚任兵部侍郎的妹夫李擢，他正在洪州（今江西南昌）护卫逃到此地的隆裕皇太后。这样的考虑不得不说还是比较周全的，当时金军的兵力集中在建康一带，洪州相对来说安全些。

她当机立断，派明诚生前的两名部下，将其中的大部分藏品都运往洪州，交给明诚的妹夫保管，战乱中，算是为这批数量巨大的藏品找到了一个还算妥善的安置之地。等藏品安置好了，她才有心思考虑起自己该何去何从的问题来。

有句话说“匹夫无罪，怀璧其罪”，清照夫妇因为拥有着让皇室也为之动心的宝贵文物，所以遭受到了许多流言蜚语，“玉壶颁金”的传言即是一例。明诚八月病重时，有个叫张飞卿的人拿了一把玉壶前去让他鉴定，明诚看了后说：“这不是玉，是珉。”珉比玉的价值要低得多，那人听了后很不高兴，拿着壶走了，后来据传他将这把玉壶献给了金人。明诚病逝后，这件事传来传去，就变成了是他托张飞卿将壶献给金人的，更有谣言说明诚在世时就有意通敌。

玉壶事小，通敌叛国的罪名可太大了，清照听了之后，惊惶得不敢申辩，为了洗脱造谣者强加在明诚身上的罪名，她决定将手中剩余的古铜器全部捐献出来，送给宋高宗。是以高宗逃离建康后，她立即动身一路追赶，希望能追上帝踪。

金兵于建炎三年十一月破建康，城破之前，清照带着剩下的文物书画，仓促逃离了此地。逃亡途中，她收到了一个不幸的消息：金军此次南下，原来是兵分两路，一路直追宋高宗，一路往洪州追击隆裕皇太后，当年十二月初，金兵攻陷洪州，两年前从淄州运往建康，又转运往洪州的“连舻渡江之书，又散为云烟矣”。这些古籍文物是他们夫妇一件件搜集来的，费尽了所有的精力和财力，南渡时装了满满十五车，顷刻之间却化为了云烟。

上次青州兵变，十余屋收藏物尽数化为灰烬，这次洪州城破，十五车古籍器物又散为云烟。他们一生的心血，经过这两次战火的洗劫之后，已经失去了大半，清照得知这样的消息后，心情可想而知有多沉痛。

这时她身边还带有少量文物，据《〈金石录〉后序》记载，“独余少轻小卷轴书帖，写本李、杜、韩、柳集，《世说》《盐铁论》，汉唐石刻副本数十轴，三代鼎鼐十数事，南唐写本书数箧”，这些都是她爱逾性命，连重病中也爱不释手，特意搬在室内把玩的，才得以在战火之中“岿然独存”。

对于这些侥幸存留下来的文物，清照无比珍爱，“爱惜如护头目”。谁能够料到，就连这些仅余的遗珍她也无法保存下来，而是一次次散失于战乱中贼人之手。

这些宝物后来至少经历了两次大的劫难：一次是清照追赶帝踪至越州时，听闻宋高宗已经到了明州，她不敢再耽误，赶紧托人将手中的青铜器、手抄本等物带到紧邻明州的剡州，打算由此再转交给明州的逃亡朝廷。谁料这批文物刚到达剡州之后，当地就发生了叛乱，官军在平复叛乱的过程中，将这些文物悉数拿走了，落到了一个姓李的将军手里。李将军病故之后，就无从得知文物的下落了。

之前她所说的那批所谓“岿然独存”的珍品，一下子又失去了十之五六。只是经过了这次变故之后，“玉壶颁金”的谣言总算不攻而破了，她以一路的追赶和珍贵的藏品为代价，终于洗刷了他人对亡夫明诚的欲加之罪。

另一次劫难则是发生在她寄寓于越州（今浙江绍兴）时。建炎四年二月，金兵总算从杭州退兵，宋高宗赵构也暂时在越州安顿了下来，并改年号为绍兴，隐含中兴之意。

绍兴元年（公元 1131 年），清照租住在越州一户姓钟的人家里。此时她手里只剩下仅有的六七箱书画古籍，对这些好不容易遗存下来的宝贝，她不放心放在其他地方，于是索性将它们放置在自己的床榻之下，平时总是亲手开启箱子，不许旁人接触。

可是突然有一天，她发现卧室的墙壁不知何时被人打穿了一个大洞，夜里有小偷从洞里进入，轻而易举地拿走了她精心藏于床底下的五箱书画卷册。清照悲恸不已，连忙出重金悬赏赎买被盗之物。

不过两天之后，住在隔壁的邻居钟复皓拿来十八轴画卷，请求赏金。清照这才明白，原来盗贼就在眼前。她明知是他偷去的，却无力和他计较，只得按赏金购买。她还苦苦央求钟复皓将其他的物品高价卖给她，可惜他再也不肯透露半点口风。多年以后，她才知道，余下的字画都被福建路转运判官吴说以极低廉的价格购得了。但知道又如何，乱世中自身尚且难保，只能徒唤一声奈何了。

至此为止，这些她拼了命保全下来的藏品，已经是十去八九，只剩下寥寥几种价值平平的书册画帖，她仍然像爱护自己的生命一样爱护着它们，这样的行为在旁人看来不免有些傻气，只有懂得的人才能明白她的痴心。

遥想池阳与明诚临别时，他殷殷叮嘱，先舍弃什么，再舍弃什么，还有些东西怎么也不能丢，“与身俱存亡”。他走了之后，她拼尽全力去履行当日的诺言，真正做到了与身俱存亡，可即便如此，她还是一点点地失去了丈夫的遗物，随着这些东西的散佚，她失去的，并不仅仅是文物，还包括她和明诚曾经悉心构造出来的一个小小的美好世界。

她眼睁睁地看着这个美好世界一点点瓦解掉，却什么也做不了。这种无奈和哀伤，远比国破家亡还要让人沉痛。

清照在战乱中的遭遇激起了正义之士的普遍同情，甚至有偏执者对绍兴籍的钟姓人士也“恨屋及乌”。在四百多年之后，明代的内阁大学士张居正在位时，听到属下一位姓钟的官员有浙江口音，便问他：“你是会稽人吗？”会稽正是越州，也就是今绍兴。这位钟姓官员连忙解释说：“我是最近才从湘楚一地迁到会稽的。”尽管如此，张居正还是愤愤不平，找了个理由辞退了钟姓官员。说来这位钟姓官员还真是有点冤，可由此也能够看出，因会稽被盗一事，替清照抱不平的人还真不少。

颠沛流离

建炎三年至四年间，是清照生命中最为颠沛的一年。

南宋朝廷的存续是从流亡开始的，宋高宗赵构自从登基以后，就一直在躲避金人的追袭。从建炎三年八九月开始，在金国大将金兀术的追击下，高宗从建康往南一路抱头鼠窜，慌不择路。

纷乱的局势中，清照意识到长江上游已经不能去了，于是抱定了跟着高宗跑的决心，一来是为了进献文物，洗清“玉壶颁金”的流言；二来是为了投靠弟弟李迒，他时任敕局删定官，正随御驾而行。

她是在建炎三年闰八月离开建康的，此后一直追随朝廷逃亡的队伍，一会儿走陆路，一会儿走海路，一个孤身女子，在极其不便的交通条件下，还得照管随身携带的书画卷轴，可想而知有多困难。有时为了追上前面的队伍，她不得不丢掉一些生活用品。

这是一趟极为艰辛的逃难之旅。只要稍稍了解高宗南窜奔逃的路线，就会明白此行的艰难程度。九月，金兵渡江南侵，宋高宗即率臣僚南逃。十月到越州，随后又逃到明州（今浙江宁波），并自明州到定海（今浙江舟山）、昌国、台州、章安出逃，足迹遍布如今的浙江和苏南大部分地方，堪称一场亡命之行。

金兵攻陷明州后，高宗逃无可逃，陷入了两难的境地，往前奔逃的话，海上波涛汹涌，恐生不测，留在原地的话，则怕有兵火之虞。最后高宗只得听取宰相吕颐浩的意见，决定冒险出海避难，还美其名曰“巡幸东难”，出发时君臣相别于临时的别殿之外，均面无人色。

可怜清照孤身一人，总是难以追上高宗的脚步。好不容易赶到剡县时，却听闻高宗君臣已乘船南下。她当即舍去了多余的衣被，在黄岩雇了一艘船，赶紧走海路去继续追赶帝踪。

不得不佩服她的执着，古时由于船只不够坚固，海上出行的危险系数极高。她作为一个弱质纤纤的女子，居然敢乘风破浪而行，这份勇敢已足够让人惊叹。

这场海上逃亡整整持续了四个月，其间偶尔在岸上停留，大部分都是在温州一带的海上漂流。在此期间，清照所雇的一叶孤舟一直苦苦追寻着高宗庞大御舟的踪迹，但每次都落后了一点点。避难海上时，高宗的御舟在海中差点被金军追上，幸好天降暴雨，大海上风雨大作，宋军远比金军更为熟悉水性，趁机反击成功，这才给了他们喘息的机会。

只有出海航行过的人才知道大海远不像看上去那么平静，而是暗潮汹涌、风波迭起。

清照再一次显示出她惊人的意志和信念来，惊涛骇浪不仅没有吓得她退缩，反而激发起了她骨子里的豪情和斗志。正是这趟亡命海上的旅程，让她写出了瑰丽奇幻的《渔家傲·记梦》来：

天接云涛连晓雾，星河欲转千帆舞。仿佛梦魂归帝所。闻天语，殷勤问我归何处。

我报路长嗟日暮，学诗谩有惊人句。九万里风鹏正举。风休住，蓬舟吹取三山去！

此词题为《记梦》，不过词中一切所写并不是虚无幻化之景，若无海上漂泊的切身体会，可能很难将大海波谲云诡、变幻万端的气象描绘得如此生动。

“天接云涛连晓雾，星河欲转千帆舞”，开头两句描写拂晓来临时的海上景象，在清照之前，还从来没有人在词里写过大海，可见她的创辟之功。起首两句，绘出了一幅开阔壮美的海天一色图卷，连用了“接”“连”“转”“舞”四个动词，展现出一个晨雾迷茫、云涛翻腾、滚滚银河、千帆竞渡的开阔境界。

接下来的几句，是对梦境的具体描绘。词人经过海上航行，一缕梦魂仿佛升入天国，见到了殷勤致语的天帝。在梦里，天帝和词人亲切交谈，问她："你这样漂来漂去，究竟要去往何处呢？"这样的问话，对于久经乱离、漂泊无依的词人来说是莫大的安慰，她终于得到了一个诉说的机会，当然要敞开心扉来回答。

"我报路长嗟日暮，学诗谩有惊人语"。这就是她的回答，意思是：我一路走过了很远的路程，不知不觉日已黄昏，却还没有抵达目的地，即使我作诗能写出惊人的诗句来，那又有什么用呢？这样的嗟叹，未免有怀才不遇之意，生逢乱世，纵然她才高盖世，也没有人可以赏识，可见她内心隐藏的寂寞。

"九万里风鹏正举。风休住，蓬舟吹取三山去！"最后几句是说：这能使大鹏高举的狂风啊，你不要停息，将我的轻舟吹到蓬莱三岛去吧！"九万里风鹏正举"语出《庄子·逍遥游》："鹏之徙于南冥也，水击三千里，抟扶摇而上者九万里。"北海有一种鱼，其名为鲲，化为鸟，便是大鹏，鸟身巨大，翼可蔽天。大鹏迁徙往南海时，双翅打在水上会激起三千里的风浪，展翅而飞时，可以乘风盘旋而上达到九万里的高空。清照用此典故，正是以大鹏自比，隐含鹏飞远举之志。

清照历来被当成是"婉约词宗"，这首词却是不折不扣的豪放之作，清代黄蓼园评价说：“此似不甚经意之作，却浑成大雅，无一毫钗粉气，自是北宋风格。”清代梁启超也指出：“此绝似苏辛派，不类《漱玉集》中语。”

清照作为一个婉约派的词人，何以能写出这样的词来呢？这和她的经历有关，更和她的性格有关。仓皇南渡之后，她只身漂泊江湖，一路走来风雨兼程，处于“路长嗟日暮”的困境之中。可她的个性是相当倔强的，不甘于被暗淡的现实困住，而是追求解脱，追求广阔的精神境界。

既然茫茫人世中看不到任何希望，她便只有将幻想寄托在神仙境界中，希望能从中找到一条出路。正如近代词学大家夏承焘所说：“这首词中就充分表示她对自由的渴望，对光明的追求。但这种愿望在她生活的时代的现实生活中是不可能实现的，因此她只有把它寄托于梦中虚无缥缈的神仙境界，在这境界中寻求出路。然而在那个时代，一个女子而能不安于社会给她安排的命运，大胆地提出冲破束缚、向往自由的要求，确实是很难得的。”

这首词是易安词中难得一见的浪漫主义佳作，“星河欲转千帆舞”的场景何等壮阔，“九万里风鹏正举”的气魄何等宏伟，“蓬舟吹取三山去”的想象又是何等瑰伟。印象中，除了李白外，诗人中还只有清照敢于以大鹏自比。扶摇直上九万里的大鹏，代表了他们对自由的无限渴望。

生活再沉重，也束缚不住一颗想飞的心。就算在现实中备受束缚，诗人们也能在想象的国度里乘风而上，展翅高飞，去寻找光明和理想的所在。身处的现实环境越压抑，他们越是强烈地寻求解脱，李白一生壮志未酬，临终之际，仍然心怀鹏飞之志，写出了“大鹏飞兮振八裔，中天摧兮力不济”的绝笔诗。清照后半生命途多舛，正因如此，她才向往着能像大鹏那样飞往海外仙境，那里平静、安宁，没有战争和杀戮，也没有离乱和奔波。

全词虽纯写梦境，其实还是隐含着清照对面圣的渴望。在海上漂流了那么久，她多么渴望能尽早追及帝踪，亲自觐见宋高宗，在这位人间的“天帝”面前尽诉一路的辛酸，并向他献上仅余的铜器，以表明自己和亡夫对宋室的忠贞。

可惜天不遂人愿，她一直都没有追上高宗的队伍。建炎四年三月，在韩世忠和岳飞的竭力抵抗下，金军终于撤退到北方。得知这个消息后，高宗才从温州泛海北上，回到越州，结束了长达四个月的海上亡命生活。次年，高宗改元为绍兴元年（公元1131年），寓有“绍祚中兴”的意思，升越州为绍兴府，暂时以此地为行在。

一路马不停蹄的清照终于也可以喘口气，暂时歇息一下了。这次逃难，她辗转海、陆两路，行程达三千多里，历经千辛万苦，直到这时，才总算和弟弟李迒在绍兴会合，暂且在此处安顿下来。

她有一首咏梅的《清平乐》，很可能就写于山海奔逃期间：

年年雪里，常插梅花醉。挼尽梅花无好意，赢得满衣清泪。

今年海角天涯，萧萧两鬓生华。看取晚来风势，故应难看梅花。

短短一首词，不过几十个字，却写尽了清照一生的悲欢。早年的欢乐、中年的幽怨、晚年的沦落，在词中都约略可见。饱经沧桑之后，内中许多难言之苦，词牌名为《清平乐》，读来却令人无限唏嘘。

早年的时候，是“年年雪里，常插梅花醉”，不管是待字闺中时，还是小乔初嫁后，那时候的她，生活是何等称心如意，还记得，汴京的蜡梅开时，“雪里已知春信时，寒梅点缀琼枝腻”，她和伙伴们共赏金尊，不辞一醉。还记得，巷中的卖花声响起时，她出门挑了一枝欲放的红梅，“云鬟斜簪，徒要教郎比并看”，一定要他说出，是花美还是她更美。这样的时光，怎能不教她沉醉？她的“醉”，不仅仅是醉于梅花的幽香之中，也是沉醉于生活、沉醉于爱情之中。

中年的时候，是“挼尽梅花无好意，赢得满衣清泪”，这可能是描绘她丧偶后的状态，一个“挼”字，将她那种忧伤凄凉、百无聊赖的神态，形容得惟妙惟肖。从插梅到挼梅，从醉赏梅花到泪洒梅花，一喜一悲，两相对比，更显得词人的哀伤之深。

老年的时候，“看取晚来风势，故应难看梅花”。写这首词时，清照大概五十岁了，从年龄上来说并不算太老。可人的苍老并不是单纯指年龄，而是指心境。丈夫的离世、逃亡的艰辛让清照仿佛在一夜之间变得衰老起来，两鬓已有了斑斑白发，流落在这海角天涯（越州对于祖籍山东的清照来说，不啻天涯海角），早就没有了赏梅的心情。

这种以一首小令写尽人生几个阶段的手法，不禁让人想起南宋蒋捷所作的《虞美人·听雨》：

少年听雨歌楼上，红烛昏罗帐。壮年听雨客舟中，江阔云低、断雁叫西风。

而今听雨僧庐下，鬓已星星也。悲欢离合总无情，一任阶前、点滴到天明。

蒋捷笔下的雨，和清照词中的梅一样，都是他们人生的陪伴者和见证者。尽管身处的时代不同、性别不同，可他们的人生轨迹却何其相似，都是少年风流、壮年飘零、晚年孤冷。雨还是那样潇潇地下着，梅花还是那样幽幽地开着，听雨的少年和赏梅的少女却都已老了，悲凉终于压倒了沉醉，繁管促弦转入急管哀弦，人生的急景凋年已经遥遥在望。

彩凤随鸦

绍兴元年十一月，宋高宗赵构君臣等觉得绍兴漕运不便，遂决定将行在迁移到临安（今浙江杭州），并以此为南宋都城。绍兴二年（公元 1132 年）正月，清照也跟着弟弟李迒一家到了临安。

这个时候的清照，先后经历了青州南渡、建康夫亡、山海奔逃这三重劫难，已经身心俱疲了。自从三年前明诚去世后，她一个人漂泊于陌生的南方，年近半百，孤苦伶仃，视若性命的珍贵文物又一再失却，身体上的困顿加上精神上的疲惫，让一贯坚强的她也支撑不住了。

绍兴二年的春天，清照生了场大病，在病中她心怀故土、思念亡夫，写下了一首名为《春残》的诗：

春残何事苦思乡，病里梳头恨发长。

梁燕语多终日在，蔷薇风细一帘香。

清代陆昶评价此诗说：“清照诗不甚佳，而善于词，隽雅可诵。即如《春残》绝句‘蔷薇风细一帘香’，甚工致，却是词语也。”

南渡之前，清照在撰写诗词时于内容方面的分工是很严格的，其诗的内容大多是有关江山社稷之类的，而其词却大多书写儿女情长。南渡之后，这条分界线不知不觉间变得模糊了，诗、词之间的界限不再像以前那样泾渭分明，作品中既有《渔家傲·记梦》这样豪迈倜傥的词，也有《春残》这样工致缠绵的诗。

此诗写于暮春时节，正是江南草长莺飞之际，诗中的人却没有一点愉悦的情绪，一来是病体虚弱，二来是终日思乡。特别是看到梁间的双燕，雌雄相依相偎，终日里软语呢喃，好像彼此有说不完的知心话，与之对比她是多么的孤单寂寞。一阵和煦的春风吹来，穿过绣帘，将蔷薇花的清香送入帘内。这样的场景本来是多么令人赏心悦目，可惜共她赏花的人已经逝去，作为未亡人的她反而更加伤感。

梁上双宿双栖的燕子，更显得清照的孤苦无依。此时她正寄居在弟弟李迒的家里，以她的心高气傲，却要依弱弟而居，心中可能会有寄人篱下之感。偏偏她又生病了，人在病中格外脆弱，过去三年的辗转奔波，让敏感的她深深地感觉到，一个女人，身边没有丈夫、没有子女，独自一人在这乱世中飘零，是多么无依无靠。绍兴的那户钟姓人家，就是欺她孤寡，才敢穿墙打洞窃走她五箱书画。

任她再坚强、再独立，吃了这么多苦头之后，也难免会感叹无枝可依。世道多艰，人心叵测，还有那么多双眼睛盯着她身边仅存的文物字画，势单力薄的她该如何才能在乱世中活下去，并保存好这些比性命还要珍贵的藏品呢？

就在这时，一个名叫张汝舟的人闯进了她的视线。

此人是浙江归安（今浙江吴兴）人，时任右奉承郎监诸军审计司，是个七八品的小官，才华和学问也并不出众。他不知从哪儿听说了清照生病的消息，闻风而来，嘘寒问暖，终日守在她的病榻之前，看起来还算忠厚老实。据说他还是明诚在太子监时的同学，这更让清照多了一层亲近之心。

搁在以前，以清照的心气之高，可能根本不会对这么个名不见经传的小角色多看一眼。可近些年的境遇已经让她的傲气大挫，在遭遇了那么多厄运之后，一点点的体贴和关心都足以让她铭感在心。

关于这段经历，清照在事后致当朝翰林学士綦崇礼的一封信中有过详细叙述，在信中，她是这样描述自己和张汝舟之间的纠葛的：

近因疾病，欲至膏肓，牛蚁不分，灰钉已具。尝药虽存弱弟，应门惟有老兵。既尔苍皇，因成造次。信彼如簧之说，惑兹似锦之言。弟既可欺，持官文书来辄信；身几欲死，非玉镜架亦安知。僶俛难言，优柔莫决。呻吟未定，强以同归。

很显然，张汝舟是在清照病中乘“虚”而入的。那时清照病得很重，以至于连牛和蚂蚁都分辨不清了。“牛蚁不分”是形容人病入膏肓的说法，《世说新语》中曾有记载：“殷仲堪父病虚悸，闻床下蚁动，谓是牛斗。”

清照病成这个样子，身边只有弟弟李迒和应门的老用人照看，此时张汝舟便闻风而来，极尽体贴关怀之能事，并鼓动如簧巧舌，一番天花乱坠的说辞，很快就说动了李迒，并遣来了媒人向清照求婚。病中的清照有气无力，也认不清来者的真实面目，只得听由弟弟做主。而李迒在张汝舟的蒙骗之下，误以为他对姐姐一片真心，便答应了他的求婚。

关于张汝舟的求婚，此处用了两个典故，“官文书”之典出自韩愈的一篇墓志铭，是说唐朝诗人王适做官前，想要处士侯高的女儿，可侯高只肯将女嫁与为官之人，于是王适就和媒人合谋，伪造了一份官文书，成功骗娶了侯高之女。

“玉镜架”则是指西晋温峤续娶之事，温峤妻子去世之后，有心想娶堂姑的女儿，恰好堂姑托他给女儿寻门亲事，他便假托已经为表妹找到了良配，并以玉镜台为聘礼，娶了表妹过门，新婚之夜，新娘子才知道新郎原来就是温峤表哥。

清照用此二典，意在为了指明，张汝舟之举实属“骗婚”，他很有可能和媒人共谋欺骗之事，捏造了求婚的聘书，得以蒙混过关，取得了清照姐弟的信任。清照本来还是有点犹豫的，她说自己“僶俛难言，优柔莫决”，可弟弟李迒已被张汝舟说动，有了他的赞同和支持，张汝舟的迎娶之事可以说是不费吹灰之力。

从这些描述来看，被张汝舟蒙骗的似乎只有李迒一人，事实的真相未必如此。清照是个有主见的人，所谓“在家从父、出嫁从夫”那一套三从四德的道德伦理未必能够束缚得住她，李迒比她小七八岁，从小就敬仰姐姐，事关姐姐的终身大事，他可以给出建议，最后做主的应该还是清照自己。

也就是说，其实张汝舟不仅骗过了李迒，同样也骗过了清照。这对姐弟都是心思单纯之人，从小生于仕宦之家，长于承平盛世，耳中所听的都是温声软语，眼中所见的都是笑脸善意，尽管后来经历了一些沧桑，可对人心的险恶认识得还远远不够，很容易就建立起对人的信任。他们根本不知道，人可以坏到什么地步，也不知道，一个人为了利益可以说出多少违心的谎言来。

病中的清照，有感于张汝舟对自己的一片“真心”，于是做出了一个决定：决定以风烛残年之身，再次走入新的婚姻。

这个决定是大胆的，同时也是仓促的。毕竟她已经年近五十，和张汝舟认识也不过短短数十日，缺乏坚实的感情基础和深入的了解，无法确保再婚后是否能获得幸福。

清照自幼性喜赌博，作为“赌徒”的她一生中参与过无数次赌局，赌注最大的却是这一次——这一次，她赌上了自己后半生的幸福和名节，如果侥幸赢了的话，她的余生将会有一个还算不错的归宿，如果不幸输了的话，她失去的将是经营了半生的清誉。

赌注如此之大，连旁观者都不禁为之捏了一把汗。可病得奄奄一息的清照已经来不及过多思考了，她迫切需要有一个丈夫来保护自己，保护手中仅有的遗珍。于是，在明诚病逝三年之后，在人生即将步入五十岁之际，她决定孤注一掷，来一次以婚姻为代价的豪赌。

带着这样的决心，清照匆匆走进了自己的第二次婚姻。和第一次的婚姻相比，这次再嫁没有盛大的仪式，也没有如云的宾客。可历经忧患的她已经不在乎这些繁文缛节了，经历了那么多坎坷，她的心境已经发生了翻天覆地的变化。初嫁之时，她还是个未经世事的少女，对婚姻的憧憬是两情相悦、恩恩爱爱。再嫁之日，她已经尝尽辛酸，对婚姻的期待早已降低为平淡相守、白头到老。对于婚姻，她已经没有了过高的奢求，只希望能有一个人陪在身边，护她周全。

只可惜，如此微不足道的渴求，终究还是落了空。

从家世、从才学、从名气来看，张汝舟都远远不如清照，古人形容女子下嫁，往往会用到一个成语——彩凤随鸦，意思是美丽的凤鸟跟了丑陋的乌鸦，用来比喻女子嫁给了才貌远逊于己的男人。

清照嫁给张汝舟，在旁人看来就是一场“彩凤随鸦”的笑话。这场婚姻，持续不过百日，开始得有多仓皇，结束得就有多狼狈。

宁为玉碎

清照是在绍兴二年夏天嫁与张汝舟的，婚后不久，她就惊讶地发现，此人不仅毫无才情学识，连人品都卑劣不堪。他之所以娶她，不是冲着她的才貌，而是冲着她手里的文物书画来的。

在给綦崇礼的信中，她悲愤地控诉着张汝舟的种种恶行：“视听才分，实难共处，忍以桑榆之晚景，配兹驵侩之下才。身即怀臭之可嫌，惟求脱去；彼素抱璧之将往，决欲杀之。遂肆侵凌，日加殴击，可念刘伶之肋，难胜石勒之拳。”

在她的笔下，这个第二任丈夫完全就被描述成了一匹“中山狼”。“子系中山狼，得志便猖狂”，张汝舟娶了她之后，很快就露出了得意扬扬的丑态，妄图将她带过来的字画古籍等占为己有。

可他很快发觉，清照留在身边的文物，并不像外界所传的那样丰富。更令他难以接受的是，就这区区数十件藏品，清照也看护得十分周全，就像防贼似的防着他。他不知道，为了保存这些文物，清照吃了多少苦头，她怎么会轻易让这些宝贝流落到他人手里，哪怕是再嫁的丈夫也不可以。

张汝舟失望至极，于是原形毕露，先是对清照冷嘲热讽，恶语相向，后来逐渐发展到饱以老拳，日日殴打的地步。他的本意，可能是想软的不行，就来硬的，既然花言巧语骗不了清照，就干脆用拳头来威胁她交出财物。

可怜清照一代才女，以清清白白之身，嫁了这么一个肮脏低劣的人。她本是金闺花柳之质，哪里当得起张汝舟的拳脚相加。识破了此人的丑恶面目后，她不愿再被这个浑身臭气的家伙继续玷污，只求快快离他而去。但张汝舟贪图她手中的珍物，岂肯轻易放手。清照说他对自己“决欲杀之”，也就是动了杀心，这样的说法可能有夸张之处，可以她的文弱之身，确实禁不起张汝舟的饱加凌虐。

清照的前半生可以说是在宠爱中长大的，在家有父亲呵护，嫁人后有夫君疼爱，她从来没有想到，只因自己的一念之差，竟招致了这样的侮辱和殴打。醒悟过来后的她满心都是痛悔和羞愧，激愤之下，决意要和张汝舟离婚。

在宋代，女子主动提出离婚并不稀罕，但需取得丈夫的同意。宋时女子若有心离婚，可与丈夫商量，丈夫同意后拟出“放妻书”，即可成功分手，这样的方式称为“和离”。宋朝有个叫章元弼的人，娶了表妹陈氏为妻。章元弼是苏轼的超级粉丝，长相丑陋，整天拿着东坡先生的作品爱不释手，晚上都忘了去睡觉。陈氏受不了冷落，提出要离婚，章元弼答应了她的请求，主动写了休书。这样的结局，也算是“一别两宽，各生欢喜”了。

以清照的名声，如果能顺利和离是最好不过了。可她嫁的人是张汝舟，不是章元弼，当然不会轻易放手。他的目的还未达到，如果此时离婚，等于白忙一场。按照大宋的法律，妻子离不离得成婚，决定权是掌握在丈夫手里的，除非男方写出休书，才能算离婚生效。张汝舟就是拿准了清照离不成婚，只能忍气吞声，所以才趾高气扬，为所欲为。

不得不说，他真是狗眼看人低，太过小瞧了清照。

他娶的妻子，可不是逆来顺受、任人鱼肉的贾迎春，而是爱憎分明、敢作敢为的李清照。打落牙齿往肚里吞那份气，清照可受不了，她的性格素来是宁为玉碎，不为瓦全的。当知道张汝舟不可能与她和平离婚时，她想出了一个铤而走险的招数：状告丈夫，坚决离婚！

清照不愧是一代才女，不仅有胆有识，而且有勇有谋。她知道如果仅仅是告丈夫骗婚家暴的话，按照当时的大宋法律，极有可能不仅离不了婚，还会平白成了他人的笑话。于是她兵行险着，搜集了张汝舟欺瞒朝廷的证据，告发他“妄增举数入官”。

原来宋代科举制度规定，士人参加科举考试需达到一定次数、取得一定资格后才能授予相应的官职。急功近利的张汝舟虚报了考试次数，以此达到早早升官的目的，这在当时是被看成欺君之罪的。小人得志的他很有可能是在婚后闲谈时，不无得意地将此事告知了清照。哪知把柄就落到了清照的手里，她以此告他，自然一告必中。

“妻告夫”的案例在宋时实属少见，加上清照本身的知名度，让这个案子闹得沸沸扬扬。南宋史学家李心传在其史学著作《建炎以来系年要录》中就清楚地记载下了此案：“（绍兴二年九月戊午朔）右承奉郎、监诸军事计司张汝舟属吏，以汝舟妻李氏讼其妄增举数入官也。其后有司当汝舟私罪，徒，诏除名，柳州编管。李氏，格非女，能为歌词，自号易安居士。”

这起案子甚至惊动了宋高宗，高宗早闻清照之名，听闻后诏令廷尉彻查，经查证清照所说属实，证据确凿之下，张汝舟被除去官名，流放到广西柳州。这个时候的他，估计才醒悟到，他以为软弱可欺的才女，其实自己根本得罪不起。

至此，清照总算出了一口恶气，按照宋朝法律的规定，丈夫如果被流放外地，那么妻子就能自动和他解除关系。可恨的是，宋朝法律还有这样一条规定：妻子如果将丈夫告上法庭，就算丈夫有罪的话，妻子也得被判处坐牢两年。

清照在状告张汝舟之前，想必早就了解到这条法规，但她宁愿冒着坐牢的风险，也誓要与张汝舟纰离。她敢于冒天下之大不韪来状告其夫，可见早已抱定了玉石俱焚的决心。

张汝舟被流放之后，按照相关法规，清照也因此锒铛入狱。值得庆幸的是，得知她的不幸遭遇后，朝中不少高官都生出了同情之心，他们有些人本来就是李格非或赵明诚的旧识，这时便纷纷向清照伸出了援手。其中有一位叫綦崇礼的翰林学士，是赵明诚的远房亲戚，出的力尤其多。

其实清照在朝中还有不少故旧，比如宰相秦桧。清照的生母是宋神宗时期宰相王珪的侄女，她有个侄女也姓王，嫁给了秦桧。这样算来，秦桧的妻子和清照是表姐妹的关系，秦桧则是其表姐夫。但并未有任何证据显明，清照因状告张汝舟身陷囹圄时，得到过秦桧夫妇的帮助，反而是关系更远的綦崇礼，不遗余力地出手相助这位落难的才女。正是在他的奔走呼吁下，清照在牢中仅仅被关了九天，就被放了出来。

自称逢赌必胜的“赌圣”清照，这次却彻底赌输了。失败的婚姻里，两个人都是输家。张汝舟输掉了官职，清照则输掉了所谓的“晚节”。

作为一个“赌徒”，这一次她愿赌服输。宁愿赔上自己的声誉，也要摆脱噩梦般的婚姻。一场错嫁，让她在耻辱中度过一百天，更让她成为众人耻笑的对象。

众口铄金

清照孀居三年后再嫁，不过百日后就决然上诉，状告亲夫，让当时保守的舆论为之哗然，引来了众多的冷嘲热讽：

胡仔在《苕溪渔隐丛话》中说："易安再适张汝舟，未几反目，有《启事》与綦处厚云：'猥以桑榆之晚景，配兹驵侩之下才。'传者无不笑之。"

王灼则在《碧鸡漫志》中说她："赵死，再嫁某氏，讼而离之，晚节流荡无归。"

晁公武在《郡斋读书志》中说她："然无检操，晚节流落江湖间以卒。"

朱彧在《萍州可谈》中评价说："不终晚节，流落以死。天独厚其才而啬其遇，惜哉！"

这些都是宋代的人对她的评价，可见，在当时，清照再嫁并讼离之事已广为人知，并成了文人圈中的一个笑话。

其实女子再嫁在当时是件很平常的事，宋时风气虽不如唐朝时开明，却也没有明清时那样礼教森严。尽管程朱理学已经萌芽，理学家程颐针对寡妇能否再嫁曾说：“饿死之事极小，失节之事极大。”司马光也说过：“贞女不事二夫。”但这样的贞节观并未成为主流，整体来说，宋人对于女子再嫁之事还是能够理解和接受的。

两宋时期，从士大夫家庭到百姓人家，妇女再嫁、改嫁的事件俯拾即是，甚至皇帝的妃子也有改嫁的，如宋光宗有个姓张的贵妃就“出嫁于民间”。宋史专家张邦炜通过对南宋人洪迈《夷坚志》所记事例的统计，结果发现：“单单一部《夷坚志》中所载宋代妇女改嫁的事竟达六十一例之多，其中再嫁者五十五人，三嫁者六人。这虽属管中窥豹，但由此亦可想见其时社会风尚之一斑。”

宋代的社会风气并不以再嫁为耻，对再嫁妇女也往往抱以同情和理解。王安石的儿子王雱性格急躁易怒，妻子饱受其苦，王安石怜惜儿媳，劝儿子和她离婚，并专门找了一家合适的人家，将儿媳改嫁到那一家去。

就连说出了“饿死事小，失节事大”的程颐，行动上也并不反对妇女再嫁。程颐有一个侄女成了寡妇，程父帮她再嫁。程颐因此盛赞父亲“嫁遣孤女，必尽其力”。

即使是皇室，对改嫁的女性也并无歧视。四川妇人刘娥，原是银匠龚美之妻，随夫入京后，因家中贫穷，龚美做主将她献给了王府。那刘娥改嫁给谁了？襄王赵元侃。后元侃当上皇帝，是为宋真宗，刘氏则册封为皇后。仁宗皇后曹氏也是改嫁女，原嫁与李家，但新婚之夜丈夫逃婚，曹氏后来选纳入宫，顺利地晋封为后。

宋朝的法律也没有任何压制女性改嫁权利的条文，只是禁止居丧改嫁、强迫改嫁、背夫改嫁——这些行为在任何时代都是应该予以限制的。

清照再适张汝舟时，赵明诚已去世三年，她的改嫁，既是合情合理的，也是合法的。既然如此，那为何会遭致同时代人的“群嘲”？

说起来，怪只怪清照才气太高、锋芒太露了。有道是“才高人愈妒，过洁世同嫌”，清照以一女子之身，闯入了男人专有的文学禁地，还以她的高超才华在创作上压倒须眉。她敢于说，敢于笑，敢于和男人们争锋，敢于作《词论》讥评词坛大家，连苏轼、欧阳修等文学耆宿都不放在眼里。

国破之后，她嘲讽南宋君臣们“南渡衣冠少王导，北来消息欠刘琨”，不知让多少须眉男儿为之汗颜。她甚至敢于指名道姓地讥笑朝中有地位的权贵，就在绍兴二年的春天，新科状元张子韶（九成）对策有“桂子飘香”之语，李清照就嘲笑他说：“露花倒影柳三变，桂子飘香张九成”，讽谕张九成和柳永一样格调不高，当事人佩服其对仗工整的同时，心中却是切齿忌恨。

清照的狂傲叛逆，可能早就让很多人不以为然甚至怀恨在心，是以一等到她遭遇不幸，有些人就不仅不报以同情，反而变本加厉地加以耻笑。

清照的所作所为，确实和那些温柔和顺的大家闺秀不同，也和那些恪守规范的世家才媛不同。比如状告其夫“妄增举数入官”之举，在当时肯定是惊世骇俗的。宋时有关婚姻的法例，都明显地偏向于男性，一旦有女子敢于挑战男权社会的规则，自然会引起男性的非议和攻击。清照之所以为时人诟病，不是因为再嫁，而是因为“闪离”和讼夫。

众口铄金，人言可畏。清照早就预料到了自己将会成为流言的靶子，在致綦崇礼的答谢信中，她说过这样一番话：“责全责智，已难逃万世之讥；败德败名，何以见中朝之士。”可清照就是清照，即便“败德败名”，即便她早已预料到“难逃万世之讥”，她也决意不肯逆来顺受，而是要以决绝的方式，来让折辱过她的人付出应有的代价。

她是清醒的，也是勇敢的，这样的清醒和勇敢，在那个奉行男尊女卑的社会是多么难得。张汝舟的拳头没有使她屈服，纷纷扬扬的流言同样也摧毁不了她。在那个男性掌握绝对话语权的时代里，她以一次次绝不屈服的抗争，来维护自己身为女性应有的尊严和体面。

这样看来，清照真是一个争取婚姻平等自由的先行者，先行者往往都是孤独的，不仅得不到时人的谅解，连后世的人也会加以曲解。

到了明清时，突然兴起了一股为清照改嫁“辩诬”之风，不少学者纷纷为清照辩护，说她不可能改嫁，所谓再嫁和讼离，纯属宋人无中生有，造谣捏造。

在明代，一位名叫徐勃的学者最先提出李清照改嫁不可信，他的推论主要是基于李清照年老，且为官宦世家出身，是不可能改嫁的。清人卢见、吴衡照、俞正燮等均附和此说，支持清照并未再嫁的观点，他们的理由不外这几个方面：

其一，清照南渡后年岁已老，不可能再嫁；

其二，清照出身书香之家，身为大家名媛，不可能做出这种有辱门风的事来；

其三，清照和明诚夫妻恩爱，不可能再适他人，如卢见就曾说：“观其（清照）洊经丧乱，犹复爱惜一二不全卷轴，如获头目，如见故人，其惓惓德夫（赵明诚字）若是，安有一旦忍相背负之理。”

从宋元至明清，清照在文人心目中的形象日趋完美，他们奋力为之辩护，正是为了刻意维护心中偶像的神圣。在他们看来，清照再嫁张汝舟，就是对赵明诚的背叛，这样的行为，就是伤风败俗。

这样的言论，听似振振有词，实则不合情理。清照再嫁张汝舟，离明诚去世已三年，何来背叛之说？认为清照与明诚恩爱，就必须为之守节，又是何等迂腐的观念。至于造谣之说，胡仔等人，均是宋时名流，不太可能众口一词地诬陷清照，以清照的个性，如果真的被人造谣，她应该早就出来辩驳了，哪里还需要后世之人为她鸣冤。

徐勃等人，是将明清人极端的贞节观强加在宋代的李清照身上。在他们看来，夫死后不能守节，就是清照生平的一大污点，只有洗清这一污点，才能还偶像以清白之身。

其实清照何错之有？按照现代人的观念来看，她暮年再嫁，是对于爱、对于美好婚姻的勇敢追求；讼夫闪离，则是为了摆脱痛苦的家庭生活。对于爱情和婚姻，她是个理想主义者，绝不因为自己年老而将就。

如果说她有错的话，只不过错在识人不明，上了奸险之徒的当。但她认识到自己的错误后，就立即设法抽身而去，这样过人的勇气、这样坚定的态度，即使是在现代女子中也不多见。在现代人看来，她在此事中展现出的胆识和智慧，于她本人的形象不仅无损，反而是一种增色。

那些为她“辩诬”的人，其实是他们自己的眼睛被偏见所蒙蔽了，才会将再嫁之事看成她的污点，他们才应该清洗一下心中的污秽。

在这类人的心目中，他们倾向于将清照塑造成一个纯洁无瑕的圣女，一个守节终生的贞女，一个温柔和顺的淑女。这样的“维护”，看似是对清照形象的美化，实际上是一种矮化和驯化。真实的清照并不如他们想象中那样完美，却有血有肉、敢爱敢恨，从不违背自己的内心，这样的她，才真正当得起“千古第一才女”的称号。

文学一道，末流者拼的是文字技巧，高手们对决的都是胸襟气度。如果没有这份过人的胆识和鲜明的个性，清照的作品也不会像星光般熠熠生辉，自宋时闪耀至今。

心系家国

从绍兴二年夏天到九月，不过百日之内，清照就经历了再嫁、讼离、入狱这一连串风波，还受到了积毁销骨般的讥笑。

造化的确弄人，上天给了她太过幸运的前半生，又给了她太过不幸的后半生。从南渡至今，清照已经是历劫之身，可她并没有被自身的不幸打倒，只要一有喘息的空间，就会从命运的泥沼中爬起来。

绍兴二年的秋天，好不容易摆脱了小人张汝舟，又正逢大病初愈，清照如释重负，心情格外轻松，有一首《山花子》写的就是病后光景：

病起萧萧两鬓华，卧看残月上窗纱。豆蔻连梢煎熟水，莫分茶。

枕上诗词闲处好，门前风景雨来佳。终日向人多酝藉，木樨花。

南渡以后，清照的作品中多危苦之词，如果说花和酒是她昔日时光的两大主题，那么贫和病就是她晚年生活的两道印记。

这首《山花子》却是难得的轻快之作，可能是久病初愈，她的心情如拨云见日，分外怡然自得。病后形容清减，白发萧疏，她却一如既往地保持着好兴致，病情稍微有点起色，就躺在床上卧看一轮残月映照在窗纱之上。

由于久病缠身，清照的身子还较为虚弱，于是将豆蔻煎成沸腾的汤水食用，不用强打精神分茶而食。豆蔻熟水，是一种药汤，性温，味辛，有去湿和胃的作用，陈元靓《事林广记》别集卷七之《豆蔻熟水》详细记载了其制法："夏月凡造熟水，先倾百盏滚汤在瓶器内，然后将所用之物投入。密封瓶口，则香倍矣……白豆蔻壳拣净，投入沸汤瓶中，密封片时用之，极妙。每次用七个足矣。不可多用，多则香浊。"

清照是煎茶高手，平时喜欢分茶为乐，因病中体虚，此时只好以药代茶，豆蔻自有一种清香冷冽的气味，煎水之乐，并不亚于分茶。想深夜此时，人儿斜卧，缺月初上，室中飘散缕缕清香，一派闲静气氛。

下片转入白天，"枕上诗书闲处好，门前风景雨来佳"一联是脍炙人口的名句。病体虚弱，只得躺在床上，恰好有了难得的闲暇，可以看点闲书来消磨时光；下雨本来令人心烦，但对一个成天闲散在家的人说来，偶然下一次雨，那雨中的景致，却也较平时别有一种情趣。

末句写木樨花，木樨即桂花，临安城内遍植桂树，一到秋天，满城飘香。清照病卧家中，无法踏月寻桂，只能躺在床上静静观赏。“终日向人多酝藉”，将木樨写得格外多情，仿佛知道她病中寂寞，特意前来陪伴。

此词写病后境况，并无一点衰飒气象，而是洋溢着一种乐观主义情调，充满了浓郁热情的生活气息。

清照的生命力真是顽强啊，就像门前的木樨树一样，尽管雨藉风揉，仍有暗香幽幽。古往今来的大诗人、大文豪，基本都是生命力充沛的人，唯其充沛，情感才丰厚，才能具有百折不挠的意志和毅力，才能写出饱含生之兴味的作品来。

李白晚年误入了永王李璘的幕府，被唐肃宗发配到夜郎，一路上长途奔波，受尽劳顿，可一旦从半途上被召回，他马上意气风发，写下了生平第一快诗：“朝辞白帝彩云间，千里江陵一日还。两岸猿声啼不住，轻舟已过万重山。”谁能想到，如此轻快喜悦的作品，居然出自一个刚获大赦的诗人之手呢。

苏轼因卷入了新旧党争，后半生被一贬再贬，从黄州、惠州一直贬到了海角天涯的儋州（在海南岛上），在黄州，他写出了“大江东去，浪淘尽，千古风流人物”的千古名作，在惠州，他自得其乐地写诗说“日啖荔枝三百颗，不辞长作岭南人”，到了儋州这样的蛮荒之地，仍然兴致勃勃地感叹说“九死蛮荒吾不恨，兹游奇绝冠平生。”

清照虽在《词论》中对苏轼这位前辈学者不甚服膺，可说到性格之倔强、心胸之豁达，她确实和东坡先生不无相似之处，难怪后人称赞她为“闺阁中之苏辛”。他们当然也会失意落魄，也曾伤心绝望，可他们一边承担着命运赋予的苦难，一边也没忘了享受生活赐予的喜悦。正是这种异乎常人的生命力，给了他们超乎常人的体验与感受，也为他们的作品注入了勃勃生机。

在贫病交加的困境中，清照仍然饱含着对生活的热情，也仍然牵挂着国家的安危。绍兴三年（公元 1133 年）六月，也就是她离婚后的第二年，宋高宗赵构终于抵不住朝中众臣的恳求，决定派使臣去金国探望一下被囚禁的徽、钦二帝。此时的金国成了虎狼之地，人人避之不及，出使的危险系数极高。幸好，北宋名相韩琦的曾孙、时任枢密院副长官的韩肖胄自告奋勇，愿意担此重任，高宗应其所请，派其为正使，给事中胡松年为副使。

韩肖胄、胡松年即将出使的消息传来，清照不由得大为振奋。李家原就和韩家是世交，清照的爷爷和父亲都出自韩琦门下，只是近年来家道沦落，故清照自称已不敢攀交，可得知二公的壮举，还是忍不住挥笔写下古诗、律诗各一首，为韩、胡二公壮行，这就是《上枢密韩公工部尚书胡公（二首）》：

其一

三年夏六月，天子视朝久。凝旒望南云，垂衣思北狩。
如闻帝若曰，岳牧与群后。贤宁无半千，运已遇阳九。
勿勒燕然铭，勿种金城柳。岂无纯孝臣，识此霜露悲？
何必羹舍肉，便可车载脂。土地非所惜，玉帛如尘泥。
谁当可将命，币厚辞益卑。四岳佥曰俞，臣下帝所知。
中朝第一人，春官有昌黎。身为百夫特，行足万人师。
嘉祐与建中，为政有皋夔。匈奴畏王商，吐蕃尊子仪。
夷狄已破胆，将命公所宜。公拜手稽首，受命白玉墀。
曰臣敢辞难，此亦何等时。家人安足谋，妻子不必辞。
愿奉天地灵，愿奉宗庙威。径持紫泥诏，直入黄龙城。
单于定稽颡，侍子当来迎。仁君方恃信，狂生休请缨。
或取犬马血，与结天日盟。

胡公清德人所难，谋同德协心志安。脱衣已被汉恩暖，离歌不道易水寒。

皇天久阴后土湿，雨势未回风势急。车声辚辚马萧萧，壮士懦夫俱感泣。

闾阎嫠妇亦何知，沥血投书干记室。夷虏从来性虎狼，不虞预备庸何伤。

衷甲昔时闻楚幕，乘城前日记平凉。葵丘践土非荒城，勿轻谈士弃儒生。

露布词成马犹倚，崤函关出鸡未鸣。巧匠何曾弃樗栎，刍荛之言或有益。

不乞隋珠与和璧，只乞乡关新消息。灵光虽在应萧萧，草中翁仲今何若。

遗氓岂尚种桑麻，残虏如闻保城郭。嫠家父祖生齐鲁，位下名高人比数。

当时稷下纵谈时，犹记人挥汗成雨。子孙南渡今几年，飘零遂与流人伍。

欲将血汗寄山河，去洒东山一抔土。

其二

想见皇华过二京，壶浆夹道万人迎。

连昌宫里桃应在，华萼楼前鹊定惊。

但说帝心怜赤子，须知天意念苍生。

圣君大信明如日，长乱何须在屡盟。

其一是一首长达八十句的杂言古体诗，上半首是五言，下半首是七言，堪称清照生平第一长诗，所以全文录于此。

清照并不是一个政治家，甚至从未有过涉足官场的经历，可她却能以政治家的眼力，对当时的局势进行一针见血的分析。

从两首诗来看，清照毫无疑问是支持朝廷收复失地、反击侵略的。据说韩肖胄和胡松年出使前，高宗曾对他们说："卿等此行，不须与人计较言语，卑词厚礼，朕且不惮，岁币、岁贡之类不须较。"对高宗这种一味求和的做法，清照并不赞成，是以在诗中说："土地非所惜，玉帛如尘泥。谁当可将命，币厚辞益卑。"此处句句都是反语，辛辣地讽刺了高宗等人卑屈求和的奴颜媚骨，矛头直指最高统治者。

对于韩、胡二公不畏风险出使的壮举，清照则给予了毫无保留的赞美。明诚的一位妹夫傅察，就是在出使金国时不屈身亡的，对于势力弱小的南宋使臣来说，此去等于龙潭虎穴走一遭。清照为使臣们将生死置之度外的忠义所感动，称赞他们"家人安足谋，妻子不必辞"的大无畏精神，勉励他们像韩信忠于汉室、荆轲勇于赴难那样，完成出使任务。

清照挥动着如椽巨笔，写下了不无辛酸而又豪气干云的句子："闾阎嫠妇亦何知，沥血投书干记室。夷虏从来性虎狼，不虞预备庸何伤……子孙南渡今几年，飘零遂与流人伍。欲将血泪寄山河，去洒东山一抔土。”

清照此时，只不过是一个流落民间、无依无靠的寡妇（“闾阎嫠妇”），却不惜呕心沥血，写就此诗献给韩公，提醒他金人本是虎狼之性，一定要多加防范。最后几句是对自己近况的描述，南渡不过区区数年，她已经沦落到与流民为伍。她日夜牵挂着北方的故乡，只希望有生之年能够回到齐鲁大地，去拜祭祖先的坟墓。

“欲将血汗寄山河，去洒东山一抔土”，这是一个流亡女子饱含着血泪的悲呼，也是一个北地遗民还我河山的呐喊，既含锥心刺骨的悲痛，又具气贯长虹的豪情，字字泣血的诗句之中，澎湃着“我以我血荐轩辕”的爱国激情。

能写出这样的诗，说明清照已经从一己的悲欢之中超脱出来，将个人沉浮和国家命运紧紧地联系在一起，这正是她高出一般女性诗人的地方。

第七卷

声声慢

风住尘香花已尽

金石后序

尽管以现代人的观念来看，清照被张汝舟骗婚，纯属一桩不幸的意外，算不得是什么污点，可她本人对此还是抱有深深的羞耻感。在给綦崇礼的信中，她就说过“清照敢不省过知惭，扪心识愧”。

沉浸在羞愧中的她，一定恨不得将这段经历彻底抹去。张汝舟的卑劣龌龊，更让她备加怀念明诚的坦荡正直来。两相对比，更显得明诚当日对她的欣赏和尊敬是多么难得。讼夫成功后，她和张汝舟维系不到百日的婚姻总算宣告结束。

在她看来，也许这段以欺骗开始的婚姻根本就是无效的。从那以后，她仍以赵明诚的未亡人自居，在给韩肖胄的诗中也自称“嫠妇”（寡妇）。对亡夫的怀念变得倍加深沉，唯一能安慰她的就是他留下的少许收藏品，以及他亲手撰写的著作《金石录》。

《金石录》是一部篇幅浩繁的著作，收录了他们夫妻收藏的从夏、商、周三代至隋、唐、五代的金石拓片两千种，全文包括目录十卷、辨证二十卷、跋一百零二篇，凝结了他们一生的心血。只恨明诚去世得太过仓促，还没来得及亲手修订补正这部皇皇巨著。

绍兴四年（公元 1134 年），在明诚去世五年之后，清照开始着手整理校勘亡夫留下的这部金石学著作，见到这本遗作，就像见到了故人一般。她不禁回忆起昔日在莱州静治堂明诚撰写《金石录》的情景：每天忙完公务后，他便回到静治堂，总要“校勘二卷，跋题一卷”，这本著作共二千卷，其中明诚亲手题跋的有五百零二卷。

如今，明诚留下的手迹还像新的一样，可他墓前的树木已经长到可以两手合抱了。“今手泽如新，而墓木已拱”，一想到这点，怎教人不悲从中来！

为了完成亡夫未了的心愿，清照不仅悉心校订了全文，并于绍兴四年八月，挥笔撰写了一篇序文，因赵明诚早写有序文，清照所写只得附在文后，这就是著名的《〈金石录〉后序》（以下简称《后序》）。

此序不仅是一篇精彩的金石学序文，更是一篇生动的传记，可以看作是清照和明诚的合传。从文学价值和传记价值来看，远远超过了赵明诚的原序。它提供了清照夫妇生平的第一手资料，若要对他们有所了解的话，绕不开此篇文章。

清照和明诚成为文学史上人人称羡的佳偶，《后序》居功甚伟。如果不是这篇序文，人们对清照伉俪的印象，可能与对赵孟頫和管仲姬、纳兰容若和沈宛之类一样模糊。

此序写得相当私人化，清照以深情细腻的笔触，娓娓动人地叙述着她和明诚之间夫唱妇随、情投意合的故事，她写此文时，也和她填词作诗一样无所顾忌，披露了众多不为人知的细节，正是通过这些点点滴滴的细节，他们夫妻的形象才蓦地鲜活清晰起来。

在此之前，我们知道他们是相爱的，却并不知道原来他们是如此志同道合、两情相悦。这种“夫妇擅朋友之胜”的理想爱情在当时是很罕见的，古时候的文人，很少会将妻子看成知己，如苏轼和王弗也是夫妇情深，可他在月下饮酒、席间吟诗时，都是和朋友们在一起，王弗是无法参与此类活动的。明诚和清照却不一样，他们彼此追随，互相砥砺，“尽天下古文奇字之志”是他们共同的嗜好，他们一同品鉴藏品、赏玩书画，在此过程中获得了无穷的乐趣，也建立了坚实的感情基础。

这对夫妇对收藏的痴迷程度让人动容。他们为了换取藏品节衣缩食，“食去重肉，衣去重彩，首无明珠翡翠之饰，室无涂金刺绣之具”，甚至不惜典当衣物，去大相国寺购买文物。明诚担任莱州、淄州知府时，更是尽其所有，几乎将所有俸禄都用在了购买藏品上。

昔日每一个温馨甜蜜的细节，若干年后仍萦绕在清照的心上，历历如在眼前。

她还记得，明诚在太学时，两人常“质衣取半千钱入相国寺，市碑文果实归，相对展玩咀嚼，自谓葛天氏之民也。”这是个很有趣的细节，这对小夫妻当了衣物，去相国寺购买碑文，还不忘买些时令果子回来尝尝。“咀嚼”两字用得尤其贴切，既含有咀嚼水果之意，也是在品味金石书画的滋味，深得一语双关之妙。

她还记得，崇宁年间，有人持徐熙的一幅《牡丹图》来卖，开价二十万。当时明诚还是个穷学生，哪里买得起呢，他们对着此画整整观赏了一晚，第二天不得不还给卖家，为此，“夫妇相向惋怅者数日”。

她还记得，屏居青州时，两人同坐在归来堂中，以赌书为戏，言某事在某书某卷中，以言中与否决一胜负，为饮茶先后。她总是赢得多，每每兴奋之时，她端起茶杯，笑得不能自持，以至于茶泼洒在衣服上。

她还记得，每得到一本古籍，他们就一起校勘，整理成类，题上书名。偶尔得到书画和彝、鼎等古玩，也摩挲把玩或摊开来欣赏，指出存在的不足。每次等到蜡烛烧完才去睡觉。

金石碑文的收集，在常人看来是件枯燥至极的事，他们夫妇却深得其乐，意会心谋，目往神授，“乐在声色狗马之上”。

经过数十年的苦心搜集，积少成多，他们夫妇的收藏数量到了惊人的地步，战乱逃亡时，反复精简，尚且载满十五辆马车，其余留于故居珍藏，用屋十余间。可惜得之艰而失之易，战火之中，先是留在青州来不及带走的十余间文物，“已皆为煨烬矣”。后在洪州，金兵南侵，“连舻渡江之书，又散为云烟矣”。再至越州，只剩下书画砚墨六七簏，又被人穿墙打洞盗走五簏。

金石书画的不断散佚，是清照后半生中一大痛。比此更令她痛彻心扉的，则是明诚的英年早逝。

痛定思痛，她不禁对自己和亡夫过分痴迷于文物收集的行为进行了深刻的反思。在《后序》的最后两段，她这样写道：

昔萧绎江陵陷没，不惜国亡，而毁裂书画。杨广江都倾覆，不悲身死，而复取图书。岂人性之所著，死生不能忘之欤。或者天意以余菲薄，不足以享此尤物邪？抑亦死者有知，犹斤斤爱惜，不肯留在人间邪？何得之艰而失之易也！

呜呼，余自少陆机作赋之二年，至过蘧瑗知非之两岁，三十四年之间，忧患得失，何其多也！然有有必有无，有聚必有散，乃理之常。人亡弓，人得之，又胡足道。所以区区记其终始者，亦欲为后世好古博雅者之戒云。

文中引用了两个例子，梁元帝萧绎当都城江陵陷落的时候，他不去痛惜国家的灭亡，而去焚毁十四万册图书；隋炀帝杨广在江都遭到覆灭，不以身死为可悲，反而在死后把唐人载去的图书重新夺回来。这两个亡国之君，都是将所藏图书看得比自己的生命还重要，国破身亡后仍执迷不悟。

借用这两个故事，清照反问自己：难道也要像梁元帝和隋炀帝这样，对身外之物执迷到这种程度，至死仍不知悔悟吗？

清照写这篇文章时，已经五十四岁，个人生活几经曲折，其中夫死改嫁，结果遇人不淑，与丈夫共同收藏的文物不是失于战火，就是遇贼遇盗，存之无十之二三。

回首往事，书画铭文也好，夫妻恩爱也罢，无不如云烟过眼，转眼成空。她终于醒悟到，世间万事，就如梦幻泡影，终归于一空而已。再丰厚的收藏也免不了散佚的命运，再恩爱的夫妻也终究要离别，万物万事，“有有必有无，有聚必有散”，这才是永恒不变的常理，有人失了弓，就有人得到弓，又何必斤斤计较。她写这篇序文，正是为了警示后世的好古博雅者，实在不必太过执着于得失。

这虽也是极其凄苦无奈之言，也是她看透人生的一种彻悟，清照的旷达可见一斑。否则的话，逝者已矣，生者何安?

这篇后序，既是一曲凄婉的哀歌，也是一篇沉挚的悼文，清照以感伤的笔触，详细记载了她和明诚的往昔。他们之间的悲欢离合，与所集碑铭的得失相始终，堪称一段金石奇缘。

那些日积月累收藏而得的藏品早已散落各方，不知所终，可夫妻间收集文物的甜蜜记忆却一直镌刻在她的心中，任谁也无法夺走——那是比金石还要牢固得多的深情，不会因离别而褪色，也不会被战火摧毁，亦不会被时光磨灭。

清照写了此篇序文之后，将之附在《金石录》之后，并于数年之后一起进献给朝廷，希望能刊行面世。明诚去世之前，虽没有留下遗言，可以她对他的了解之深，肯定知道让《金石录》流传于世是他的生平所愿。

斯人已逝，再多的悲哀也无济于事，对她来说，在这尘世中完成他未竟的事业，才是对他最好的纪念。

打马寄志

绍兴三年宋廷派出的韩肖胄、胡松年出使任务并未达到和谈的目的，金人不仅没有释放徽、钦二帝，还联合伪齐的刘豫发动了新一轮南侵战争。绍兴四年九月，金人和伪齐进攻淮河流域，直取临安，高宗原本又打算南逃，可在宰相赵鼎的坚持下，这次他打算直面敌人的攻击，并声称将“御驾亲征”。

连年战乱让南方人民长期生活在风声鹤唳之中，一听说金人南侵，就纷纷惊慌而逃，清照后来在《〈打马图经〉序》中描述了人们仓皇出逃的场景：“今年冬十月朔，闻淮上警报。江浙之人，自东走西，自南走北，居山林者谋入城市，居城市者谋入山林，旁午络绎，莫卜所之。”意思是，江浙的百姓，一听说淮河传来的警报，就四处逃亡，山中的人想逃进城里，城里的人又想躲进山中，不知道该逃往何方。

在这种人人自危的情境下，清照也开始了奔逃，《〈打马图经〉序》序中亦有记载："易安居士亦自临安溯流，涉严滩之险，抵金华，卜居陈氏第。"她从临安乘船顺流而下，途经严滩，再抵达金华，寄住在一位陈姓人家中。

严滩相传为西汉严子陵垂钓的地方，在浙江桐庐县东南。严子陵与西汉光武帝刘秀是朋友，刘秀称帝后请严子陵做官，后者拒绝了，并隐居在浙江富春江，垂钓之处被后人称为严滩。

严子陵不慕名利，隐居江畔，后人每每自愧弗如，故过钓台者，常于夜间往来。清照也选择在夜里经过此地，并赋诗一首名《夜发严滩》：

巨舰只缘因利往，扁舟亦是为名来。
往来有愧先生德，特地通宵过钓台。

"往来有愧"是清照所想表达的主题，她自问无法做到像严子陵那样不为名利所动，也无法饶恕自己的苟且偷安，觉得有愧于严子陵的盛德，所以选择了"特地通宵过钓台"。孔子说过，知耻近乎勇。清照这种知耻之心，和朝野中那些卖国求和而不以为耻的无耻之徒相比，确是可敬得多了。

连夜渡过严滩之后，就来到了目的地金华，此地暂时远离战事，明诚的妹夫李擢又恰好任金华知府，亲友们往来颇多，长夜无事，就开始以打马为戏。

初到金华和亲友相聚，清照的心情是比较愉快的，用她自己的说法是“乍释舟楫而见轩窗，意颇适然。更长烛明，奈此良夜何？于是乎博弈之事讲矣。”在金华，她居住在窗明几净的陈姓人家里，漫漫长夜里，禁不住向同住的儿辈们讲起博弈之道来。

不得不惊叹她勃发的生命力，清照这个人，确实具有一流的韧性，只要在环境稍微允许的状况下，就会重拾对生命的兴味，燃起对生活的热情。

卜居金华期间，清照兴致勃勃地创作了一系列非凡的作品，其主题是有关一种名叫“打马”的游戏，所谓打马，是古代的一种棋艺，并不是我们今天所说的打麻将。这组作品包括自述博弈经历的《〈打马图经〉序》，图经本身没有存世，留下来的是所写的序言，还有《打马赋》，将打马之术与两军作战相比较，以及《〈打马图经〉命辞》，简略说明打马的步骤、策略及章法。

由此可见，清照对博弈之术并不是偶一为之，而是此中高手。在《〈打马图经〉序》的自叙中，我们可以看到一个作为赌徒的李清照，她对各类博弈游戏精通之极，且达到了十分沉迷的地步。

她说自己：“予性喜博，凡所谓博者皆耽之，昼夜每忘寝食。且平生随多寡未尝不进者何？精而已。自南渡来，流离迁徙，尽散博具，故罕为之，然实未尝忘于胸中也。”因为痴迷于各类博弈之术，她常常不惜废寝忘食。南渡时奔波流离，不得不将各类赌具丢掉，但心中始终念念不忘。

在这里，清照又一次展示了过人的自信，她将自己描绘成了一个逢赌必胜的女赌圣。至于此中诀窍，她认为是因为自己掌握了赌术的奥妙：“夫赌者，无他，争先术耳，故专者能之。”博弈一道，在她看来，就是争先之术，要专精于此道的人方能取胜。这样的道理可以推而广之，上及圣人之道，下至掷豆拂棋，因为“慧则通，通则无所不达；专则精，精则无所不妙”。她谆谆告诫儿辈们，不管做何事，既要靠聪明才智，更要具备专心致志的精神。唯其如此，才能触类旁通。

清照对各类博弈之术皆有所涉猎，她在文中列举了不下二十种赌术，包括藏酒、摴蒱、弈棋、选仙、加减、打揭、族鬼、胡画、数仓、赌快、插关火、大小象戏等。这些游戏都不乏缺陷，有的近世无传，有的鄙俗不堪，有的近渐废绝，有的仅容二人，有的“质鲁任命，无所施人智巧”。

她唯独对采选和打马有所偏爱，称为“闺房雅戏”。可仍嫌采选过于繁难，如此高难度的比赛令她根本找不到对手，不禁也觉得乏味，剩下的就只有打马这种游戏了，因此她不惮耗尽精力，为这项博弈写下正式的命辞，“使千万世后，知命辞打马，始自易安居士也”，让千万世以后的人，一提到打马这种游戏，就会想到她易安居士，因为打马的规则是她亲自创制的。

论起赌术之精，说到敢于争先，清照敢认第二，整个大宋赌坛估计也没人敢称第一。缪钺说她“富创辟之才能”，这种才能其实不仅仅局限于词的领域，在词坛上，她是自出机杼的一代宗师，在赌坛上，她也是开宗创派的赌中圣手。

以她争强好胜的性格，恰恰能够在博弈之时处处争先，当真是此女一出，谁与争锋。从这篇序文来看，她俨然就是当时赌坛上的独孤求败，独步天下，无人能敌，常以生平难求一败为恨。

这般战无不胜的豪情，不禁让人想起当年她写《词论》时，也是如此睥睨群雄，未将他人放在眼中。时间过去了这么多年，清照的个性仍是如剑般锋锐，骨子里还是那样骄傲，还是那样自负，偶尔拔剑出鞘，仍然剑气纵横，剑光逼人。

打马虽是一种游戏，在清照看来，却和用兵之术有共通之处，这点在她同时期所撰写的《打马赋》中有生动体现。《打马赋》与《〈打马图经〉序》可以说是姐妹篇，《〈打马图经〉序》讲了博弈之道，得专精方能无所不通，《打马赋》则以棋局比喻政局，借打马来抒发自己的政治主张。

在《打马赋》中，她一开始就试图为这种游戏正名，说打马之术，“实小道之上流，乃闺房之雅戏”，三尺棋盘，隐含着许多用兵策略。

在清照看来，盘上弈棋，与战地布阵一样，有时兵贵神速，“或出人用奇”，以少胜多；有时要从容镇定，以义制敌，总之要善于随机应变。“马”在无路可走时，可以慢慢地退回来，伺机再战；时机有利时，“马”应昂昂如千里之驹，勇往直前，迅速占领敌人的地盘；有时在鸟道上，也要冒险飞过；有时则要善于隐蔽，就像蚂蚁用土封上穴口，或不再乘“车”而缓缓步行，以达到麻痹敌人、保存自己的目的。

古往今来许多英雄豪杰，多是精通博弈之道的智慧之士，战场上的用兵，相对于棋盘上的布局来说，不啻为一场豪赌。清照对这些战场上的善弈者佩服不已，称赞了刘裕、桓温、陶侃、袁耽等人的奇谋妙计。

她还以古喻今，借典发论，提出“今日岂无元子，明时不乏安石”，元子指桓温，安石指谢安，都是东晋时的名将。谢安精通弈道，在淝水之战的紧急关头，仍然气定神闲地与友人下着棋，谈笑中破了苻坚的百万大军，正是历史上以少胜多、以逸胜劳的典型。清照以此二人为例，是说南宋朝廷也不乏像桓温、谢安这样的将相，关键在于当权者的对敌态度。

在《打马赋》的结尾，清照更是按捺不住满腔热血，直抒胸臆地写道：

佛狸定见卯年死，贵贱纷纷尚流徙，满眼骅骝杂騄駬，时危安得真致此？

木兰横戈好女子，老矣谁能志千里，但愿相将过淮水。

佛狸是北魏太武帝拓跋焘的小名，他曾南下侵略刘宋，被击退后还师。民间有童谣说："虏马饮江水，佛狸死卯年。"结果不久之后，拓跋焘果然被随侍的宦官害死了。清照用此典，正是用最恶毒的语言来诅咒来自北方的入侵者，坚信他们很快就会不得好死。

纷乱之下，南宋无论贵贱之人均在逃亡，放眼望去，不乏骅骝和騄駬这样日行千里的良马，可时局危难之下怎能分辨得出来。实际上南宋朝廷也不乏像岳飞、韩世忠这样的"千里马"，清照希望当权者能够识别他们的良才，给他们以驰骋的空间。

"木兰横戈好女子"，这句清照更是以花木兰自比，恨不能像这位女英雄那样沙场杀敌，保家卫国。只可惜年老体衰，已经没办法披甲作战，只希望有生之年能够随着将士、百姓们，一齐渡过淮水去，重还我大好河山。

曹操说自己"烈士暮年，壮心不已"，清照虽为女子，已至暮年却仍和曹操一样壮志未歇。当时朝中一片求和之声，她却敢斗胆言兵，难怪后人为之叹息道："庙堂只有和戎策，惭愧深闺

《打马图》。”

打马一赋，悲慨深沉，气壮山河，字里行间隐约可见金戈铁马之势，如闻鼙鼓擂击之声，清照一片拳拳爱国之心，跃于纸上。

近代抗日将领李汉章在读了此赋后，作诗咏叹道：“国破家亡感慨多，中兴汗马久蹉跎。可怜淮水终难渡，遗恨还同说过河。”宋时抗金名将宗泽临终之时仍心系国事，连呼三声“过河”而逝。清照也像宗泽一样，一心想渡过淮水，这样的心愿，只怕终成遗恨。

唯一值得欣慰的是，绍兴四年的对金保卫战取得了阶段性的胜利，这年十二月，金军围攻庐州（今安徽合肥），守城者向岳飞求援，岳飞率岳家军大破金兵，追杀敌军三十余里，史称“庐州大捷”，相传金人一见“岳”字旗，就闻风丧胆，面有惧色。同时，韩世忠率兵扼制住金兵的进军，金人粮草短缺，不得不杀马而食，后方又传来金太宗完颜晟病危的消息，金军恐有内变，只得匆匆退兵。

南宋小朝廷总算逃过了一劫，很快又回复到偏安的局面。至于清照渴望的“但愿相将过淮水”，宗泽渴望的过河，岳飞渴望的待从头、收拾旧山河，最后都不免落了空。

舟轻愁重

金华是江南名胜之地，山明水秀、风景秀丽，唐人严维《送人入金华》有“明月双溪水，清风八咏楼”之句，可见金华景致之引人入胜。

清照素来有“烟霞之癖”，这次避难金华，自然也要寄情山水、四处游历，只是此时她的心境已远不如年轻时那样悠闲惬意，年少时载舟湖上，她觉得“水光山色与人亲，说不尽、无穷好”，此时却难免触景伤情，好山好水，也似乎隐含着无限愁怨。

刚到金华时，她曾慕名去登临八咏楼。八咏楼原名玄畅楼，南齐沈约任东阳（今金华）太守时，曾写下总题为《八咏》的八首诗于玄畅楼壁，宋太宗至道年间改名为八咏楼，与双溪楼、极目亭同为金华观景胜地。

清照登上此楼后，只见碧天高远，白云悠悠，南山连屏，双溪蜿蜒，尽入眼底，一股登高怀远之情顿时涌上心头，挥笔写下了一首气象轩敞至极的《题八咏楼》：

千古风流八咏楼，江山留与后人愁。

水通南国三千里，气压江城十四州。

词学家顾随曾说，千古高人志士，定是登高望远不得；一登瞭望了，便引起无限感怀，满腔愁绪。

此话当真不假，陈子昂一登上古幽州台，就发出了“前不见古人，后不见来者”的感慨；杜甫登了岳阳楼，就不禁大起“亲朋无一字，老病有孤舟”之叹；李商隐登了安定城楼，也不禁长叹“永忆江湖归白发，欲回天地入扁舟”；豪迈如辛弃疾，登临建康赏心亭时，也写下了“我来吊古，上危楼赢得，闲愁千斛”的句子。

清照此番登上八咏楼，与杜甫登岳阳楼的心境类似，都是国难当头、孤身飘零。大好江山，看在她的眼里，竟是“留与后人愁”。此时，她的愁不是自伤身世的个人之愁，而是担心这山河易主的江山之愁。

“水通”两句，化用贯休名句“满堂花醉三千客，一剑光寒十四州”。金华是东南胜地，也是兵家必争之地，这里水道密集，四通八达，战略地位足以影响江南十四州的存亡。

清照在高楼之上，将金华形胜一览无余，悲宋室之不振，忧江山之难守，故发出了“江山留与后人愁”之叹。北望中原，江山破碎，她出生的齐鲁大地、成长的汴京故都，都已沦入敌手，成了牛羊膻腥之地，叫人如何不起“风景不殊，山河已异”之思。

此诗写得相当雄壮，于愁肠中充满了豪气与壮阔，短短四句诗，正如后人所评价，气势是何等开朗雄俊，哪有半点脂粉女子习气。

如果说清照在写诗时还努力克制住自己的情绪，只点染了一个“愁”字，那么她填起词来，就完全放任了自己的哀愁，满怀愁情如一江春水般喷涌而出，汇就了一首哀婉至极的《武陵春》：

风住尘香花已尽，日晚倦梳头。物是人非事事休，欲语泪先流。

闻说双溪春尚好，也拟泛轻舟。只恐双溪舴艋舟，载不动许多愁。

这首词作于绍兴五年（公元 1135 年）的三月，清照寓居金华已有半年了。词中提到的双溪，是金华著名的风光佳丽的游览胜地，有东港、南港两水汇于金华城南，故曰“双溪”。

正是暮春时节，江南的春天已经到了尾声，很快就要过去了。

曾几何时，清照是多么热爱春天，她喜欢春天的朝气蓬勃，“清露晨流，新桐初引”的美景总是会勾引她的游春之意；她眷恋春天的繁花似锦，“绿肥红瘦”的雨后海棠，曾让她怜惜不已。

可如今，春与人俱老，春光很快就将消逝，象征着她生命中的春天也早已一去不复返了。青春不再的她只有借手中这支笔，挥洒着心底的哀愁。

“风住尘香花已尽”，这句起得哀切，风停歇了，枝头的花也落尽了，只有尘土里还留着花的香味。日头已升得很高，她却无心梳妆——人都不在了，还为谁打扮呢？

“物是人非事事休”，点明了一切悲苦的来源，眼前的春景依旧如往年般秀丽，丈夫留下的遗物仍历历如新，只可恨物在人亡，睹物思人，徒增悲切，未曾开口，已经“欲语泪先流”了。

这样以泪洗面总不是办法，听说金华郊外的双溪春光尚好，她这个一向喜欢游山玩水的人不禁起了游兴。但人未成行，心绪又转，只恐怕双溪舟小，载不动那么多愁苦。

作为一个生长于湖畔泉边的女子，清照天生与水亲近，荡舟湖上曾是她日常偏爱的消遣，她曾和女伴们一起泛舟于故乡的湖上，“兴尽晚回舟，误入藕花深处。争渡，争渡，惊起一滩鸥鹭”，那时的她，是多么天真快乐，无忧无虑；她曾在和明诚分离的秋天，“轻解罗裳，独上兰舟”，用泛舟来化解相思，那时的她，尚未尝遍人间疾苦，还以为暂时和爱人分离就是莫大的苦楚了。

现在，她终于知道什么叫作真正的悲痛了。真正的悲痛，莫过于“物是人非”。她的愁，已经不再是少女时代的闲愁，也不再是嫁为人妇之后的相思之愁，而是融合了国破之恨，夫亡之愁，离乱之忧。

她的痛苦是太大了，哀愁是太深了，以至于这愁竟生出了重量，重得超出了那一叶舴艋小舟能够承受的范围。用舟之轻小来衬托愁之沉重，其语意新奇，想象惊人，实在是描摹愁思的绝妙好辞。

李后主《虞美人》云：“问君能有几多愁？恰似一江春水向东流。”只是以愁之多比水之多而已。秦观《江城子》云：“便做春江都是泪，流不尽，许多愁。”则愁已经物质化，变为可以放在江中、随水流尽的东西了。清照又进一步把它搬上了船，于是愁竟有了重量，不但可随水而流，并且可以用船来载。

如此浓重的哀愁，连轻舟都载不动，它却终日沉甸甸地压在清照的心头，真让人担心，这浓愁总有一日会将她压垮。

读清照的词，尤其是后期的词，总觉得她是个泪人儿，似乎总有流不完的眼泪，抒不完的愁怀。她晚期的词作，大多像是浸泡在眼泪之中，一件旧时的罗衣，让她忍不住“凉生枕簟泪痕滋”；一枝手中的梅花，也让她“挼尽梅花无好意，赢得满衣清泪”；物是人非的感触，更是让她“欲语泪先流”……

这么多的泪水，总让人不禁觉得，清照就像含泪的黛玉一样，眼泪终日从秋流到冬，春流到夏。这样的形象，和前人评价清照时所说的“闺中英豪”似乎大相径庭，看上去好像有些矛盾。

其实这并不矛盾。人的性格是具有多面性的，尤其是天才作家，往往都具有双重性格，一重用来致力创作，一重用来应付日常，他们在日常生活和在文学作品中所展现的面目并不完全一致，甚至有可能截然相反。

李白在诗中塑造的自我形象何等潇洒出尘，读他的诗，人们都觉得他是那种“天子呼来不上船”的谪仙人，但实际生活中，他也有过干谒公卿、结交权贵的“俗举”；元稹在诗中表现得深情款款，其实却辜负过不少女子；光看欧阳修的诗文，深觉此人真是风流蕴藉，所谓“文章太守，挥毫万字，一饮千钟”，其实文章之外的他深为疾病所苦，又饱经离丧之痛，常常悲叹生无可恋。

清照其人、其词，也当作如是观。作为一个文人，她的敏感脆弱远过于常人，爱与痛都比常人来得深切，所以才足以写出感人肺腑的作品来；而文人之外的她，其坚韧刚毅也远远超过了一般的人，所以才能够历经沧桑仍不失生命活力。要全面了解她，不妨结合她的诗词来看。她把自己多愁善感的一面放入了词中，而将自己旷达坚毅的一面放进了诗里。

以在金华的诗词为例，双溪与八咏楼相近，同是清照一人，差不多在同一个时间、同一个地点写成，内容也同样是写愁，其词、其诗却很不相同，《题八咏楼》写得雄健开阔，《武陵春》却写得哀婉凄美至极。

人的情绪是多变的，性格也是多面的。从她寓居金华的这段经历来看，一个更为丰富、立体的李清照展现在我们面前：她曾打马为戏、自负赌术，也曾夜过严滩、心愧前贤，还曾登高临远、赋诗咏志，更曾伤离怀人、未语泪流，这些共同组成了她性格的方方面面，任何一面都不可或缺。

我们实在不必担心，那沉重得小舟都承载不了的忧愁会压垮了她，只要稍微清楚她生平的人都知道，接下来，她还将独自走过人生最后一段路，这条路并不短，太过脆弱的人可能根本走不了那么远。

落日熔金

清照大概在金华住了一年，绍兴五年五月三日，朝廷下了一道诏令，令索取“故直龙图阁赵明诚家藏《哲宗皇帝实录》”缴进。哲宗是宋朝极富争议的皇帝之一，九岁登基，由祖母高太后垂帘听政，元祐年间起用司马光、苏轼等人，恢复旧法，史称“元祐更化”。高太后去世后，十六岁的哲宗亲政，实施元丰新法，起用章惇、曾布等新党，大力打击苏轼等旧党。

哲宗仅仅活了二十四岁，也留下了许多争议。宋徽宗时，由蔡京主持编写《哲宗皇帝实录》，清照的公公赵挺之也参与了编撰，全文有百卷之多。因此赵家藏有一本《哲宗皇帝实录》并不奇怪，此书先由赵挺之抄出，爱好文史的明诚夫妇一看如获至宝，当即收藏起来，清照是所谓元祐党人的后裔，明诚父亲赵挺之也是此时开始在政坛初露头角，哲宗朝历史，记载着他们父辈的辉煌和光荣。两人家世传闻，多有记录，足以辩诬订讹，这也是他们珍重保藏《哲宗皇帝实录》的原因。

明诚逝后，保存的任务交给了清照。在多年的流离之中，她仍然随身携带着这样一套篇幅浩繁的史学著作，足见对此书的重视。据陈祖美分析，南宋时普遍认为新法是亡国的祸源之一，宋高宗认为蔡京、赵挺之等编修的《哲宗皇帝实录》“皆是奸党私意”，不能扩散出去，窃窥、私藏都是犯法的，严令赵家缴进此书。

清照收到朝廷的诏令后，不敢怠慢，只得将带在身边的《哲宗皇帝实录》交了上去。宋代文禁不严，交出此书后，清照的生活并没有受到太大影响，可千辛万苦保存下来的书得交给朝廷，估计心情会若有所失。不过也幸好她私藏了《哲宗皇帝实录》，当时这就已是仅存的孤本了，托赖她的精心保管，这部基本如实记载哲宗朝历史的著作才得以传世。与那些毁于战火和匪徒的书籍相比，《哲宗皇帝实录》的去向还算是比较好了。

绍兴五年，可以算作宋朝历史上继靖康之耻后的一个转折点。这一年的正月，宋将张俊败金兵于淮河南岸，金主完颜晟去世，金人仓促撤兵。

这一年的二月，宋高宗率诸臣回到了临安，抗金名将如韩世忠、岳飞、张俊等均加封晋职。

这一年的四月，徽宗死于天寒地冻的五国城（今黑龙江依兰），可怜一代帝王，最终客死他乡，生命的最后几年饱受凌辱，曾身披羊裘，袒露上身，被金人赶到阿骨打庙行“牵羊礼”，死后也不得安宁，尸体被架到一个石坑上焚烧，烧到半焦时再用水浇灭，扔到水坑中，据说这样做可以用坑里的水做灯油。徽宗在位时虽荒唐，国破后的遭遇之惨，也不禁让人掬一把同情之泪，悲叹“做个词人真绝代，可怜薄命做君王”。

他的儿子钦宗更惨，只做了一年的短命皇帝，就被当成猎物赶到了金国，在此苟延残喘了二三十年，于绍兴二十六年惨死，据说是金主完颜亮命其参加马球比赛，钦宗体弱多病，又不善马术，不幸从马上摔了下来，被乱马铁蹄践踏而死。他的死于人于己都是一种解脱，至少高宗再也不用担心哥哥会回来抢他的皇位了。

这一年的春夏之交，五十二岁的清照也从金华返回临安，她人生中的最后二十年，大致都是在此地度过的。

临安也就是如今的杭州，有道是“上有天堂，下有苏杭”，柳永有一首《望海潮》说的就是宋时杭州的繁华和富庶，说这里“烟柳画桥，风帘翠幕，参差十万人家”，有“三秋桂子，十里荷花”。据闻此词传到了淮河对岸的金国，金主完颜亮听了后，顿起向往之心，遂起投鞭渡江之志。

柳永词中描绘的还是北宋时杭州的景象，等宋室南渡之后，此处更成了国内首屈一指的大都会。宋徽宗在位时，东京汴梁是世界上最为美丽繁荣的大城市；宋高宗定都临安后，城乡经济得到恢复和发展，临安就成了世界上最为繁荣美丽的大城市。据《梦粱录》卷十九记载："自高庙（宋高宗赵构）车驾由建康幸杭，驻跸几近二百余年，户口蕃息，近百万余家。杭城之外城，南西东北各数十里，人烟生聚，民物阜蕃，市井坊陌，铺席骈盛，数日经行不尽，各可比外路一州郡，足见杭城繁盛矣。"比当年东京更繁荣。

绍兴八年三月，患恐敌病的宋高宗赵构在秦桧等人的撺掇下，决定以临安为首府，临安便从"东南第一州"一跃成为全国第一州乃至世界第一大都市。马可·波罗在南宋亡后游杭州，还惊叹这里是"世界上最美丽华贵的天城"。

生活在这样的繁华之地，风雅之乡，高宗君臣似乎马上忘了昔日的耻辱，完全失去了杀回北方去的雄心。南宋人周密感叹于杭州的奢靡之风，将此地称为"销金锅儿"。每逢上元、中秋这样的节日，更是户户灯火，家家弦歌，说不尽的风流豪奢。

那么清照是否和赵构等人一样，陶醉在江南的暖风之中，直把杭州当成了汴州呢？从她晚年所作的《永遇乐》来看，她并没有如此：

落日熔金，暮云合璧，人在何处。染柳烟浓，吹梅笛怨，春意知几许。元宵佳节，融和天气，次第岂无风雨。来相召、香车宝马，谢他酒朋诗侣。

中州盛日，闺门多暇，记得偏重三五。铺翠冠儿，捻金雪柳，簇带争济楚。如今憔悴，风鬟霜鬓，怕见夜间出去。不如向、帘儿底下，听人笑语。

这首词具体作于何年已不可考，可以肯定的是，写作此词时，宋金之间已经停战，临安这个南宋临时的首都暂时一片承平气象，人们已从紧张的战争中抽身出来，暂时投身于节日的享乐之中。

此词题为“元宵”，实际上对比了两个不同地方、不同时间的元宵节，一在旧时汴京，一在今日临安。临安的这个元宵节其实是很热闹的，正逢融和天气，天清日朗，落日就像熔化开了的金块，在碧玉般的暮云中透出炫目的光彩来，春烟染绿了万条柳线，笛子也奏出了《梅花落》的曲调，熔金、合璧、烟、柳、梅、笛，诸般美好事物都汇集到了一处，烘染出一派佳节融合的气氛。

可词人显然满含心事，见了这美景，她的第一个念头竟是“人在何处”。我今天到底在什么地方呢？没有流落他乡的人，可能很难发出这样的沉痛之问，一开始，我们还以为她沉浸在夕阳西下的美景之中，这样宕开来突然一问，才不禁伴随她一道瞿然而醒，顿时生出“今夕何夕，此身何处”的流落之感。

“染柳烟浓，吹梅笛怨”，柳树像被笼罩在浓烟之中，外面有人吹奏笛子，遥遥吹来似乎是《梅花落》，听在她耳里，这笛声分外凄怨，不禁逼出她第二个疑问：“春意知几许”，早春时节，到底能有几分春意呢？

来邀请她玩的人劝她说，一年一度的元宵佳节，还碰上难得的融和天气，还是出去玩玩吧，她却又提到了第三个疑问，“次第岂无风雨”，尽管天气看上去还不错，可难道不会突然来一场风雨吗？这是饱经风雨的人才能提出的沧桑之问，经历了这么多事，她早已明白，天气就像世事一样多变，唯有变化才是永恒，唯有无常才是永恒，想起未来时，已不再是满心的憧憬，而是隐隐的担忧。

到了下一句，我们才发现，原来这些都是她推托朋友们的借口，她的这些酒朋诗侣，乘坐的是香车宝马，可见身份、地位之尊贵，她却婉转而坚决地谢绝了朋友们的殷勤相邀，因为实在提不起出去游玩的兴致。

孤独中的人最易追思往事，下片转入回忆，“中州盛日，闺门多暇，记得偏重三五”，原来她心心念念的，仍然是多年前的元宵节。那还是在汴京，她也正当年少，车如流水马如龙，花月正春风。忆昔当年全盛日，她和女伴们打扮得漂漂亮亮，“铺翠冠儿，捻金雪柳，簇带争济楚”，一个个按照当年的时世妆进行装扮，只想压倒对方。

回忆越欢乐，就越衬得如今的孤独寂寞。帘外的笑声又将她拉回到现实中来，她瞧瞧自己，“风鬟霜鬓”，年已衰老，早已过了爱美的年纪，根本就懒得打扮，因此“怕见夜间出去”。还不如躲在那帘儿底下，听听别人家传来的欢声笑语吧。

时光真是非常冷酷，而又极其无情，热情如清照，也给时间的流水冲洗到了如此地步，沉重终于压倒了轻盈，凄凉终于取代了欢乐，一贯兴趣盎然的她也变得兴致索然了。拿“不如向、帘儿底下，听人笑语”与年轻时“常记溪亭日暮，沉醉不知归路”的那种豪情逸兴，以及“日高烟敛，更看今日晴未”的那种青春跃动相比，情怀是多么惨淡。

最后一句，我们隐约可以知道，清照所住的不再是庭院深深的深宅大院，而是住在普通的房子里，可以在帘子底下听到街上传来的笑语声，她生活的境遇，比起年轻时的养尊处优来也可以说是一落千丈了。

此词并不局限于一己之悲，而是将家国之恨、身世之感一同注入词中，这种抚今思昔的感情是人所共通的，引起了许多人的深深共鸣。晚于清照的南宋词人刘辰翁说，他自从读了这首词后，感动得“为之涕下”，三年过去了，每次读到这首词时，还是悲伤得无法抑制，于是仿照这首词作了一首，文采虽及不上清照，辞意却更为悲苦。刘辰翁和清照虽不同时，但二人痛心亡国、怀念故都，先后亦如出一辙。

对于清照这样难忘故土的人来说，永远也做不到真的将杭州当成汴州。她生平酷爱湖山之游，杭州美景天下冠绝，西湖更是闻名全国，让人疑惑的是，她的作品中从无关于西湖的只言片语，为何会如此？

近人夏承焘所作的《瞿髯论词绝句·李清照》中，似乎给出了一种回答：“过眼西湖无一句，易安心事岳王知。”

岳王即岳飞，岳飞和清照，一男一女，一武一文，爱国情操却是相似的，他们的诗文中，都从未提过西湖，可能在他们看来，西湖的温风软水，柔了宋人的心志，“东南妩媚，雌了男儿”，宋人留恋于此地的美景，再也无心收复中原，抗金杀敌。

岳飞一生精忠报国，位列南宋中兴四将之首，只可惜壮志未酬身先死。他曾挥师北伐，先后收复郑州、洛阳等地，又于郾城、颍昌大败金军，进军朱仙镇。宋高宗、秦桧却一意求和，以十二道“金字牌”下令退兵，岳飞在孤立无援之下被迫班师。绍兴十一年一月（公元 1141 年），秦桧矫旨，以“莫须有”的罪名杀岳飞及其子岳云。

靖康耻，犹未雪。臣子恨，终难灭。

一代名将已殒，南宋回天无力。北方人重回故乡的心愿已经落空，不愿意歌颂西湖之美的清照，也只能终老在这柔媚的青山绿水之间，在追忆中终此一生。

为霞满天

关于清照晚年的史料极少，书上说她“依弟而终”，因为无子无女，最后是依靠同父异母的弟弟李迒生活的。她大概住在余杭门（现武林门）外的西马塍，尽管生活每况愈下，却依然保留着大家闺秀的娴雅：“谁怜流落江湖上，玉骨冰肌未肯枯。”

清照的暮年时光，并不像大家想象的那样完全只剩下了凄凄惨惨戚戚，年老人衰，难免有些意兴阑珊，可她并未在孤独中走向沉沦，而是尽可能地打起精神来，走好人生之路的最后一程。

在南宋上层社会的活动圈子里，仍然可以见到清照的身影。绍兴十三年（公元 1143 年），学士院恢复进帖子词，这是从靖康之难后首次恢复这种古老的献诗习俗，目的是增加节庆气氛，为皇帝妃子献颂诗。这一年的立春，清照给皇后、贵妃献上了贺春帖子，同年五月的端午节，她又给皇帝、皇后和妃子献上了端午帖子。

不必去苛求清照献颂诗的行为未能免俗，有此举动，至少说明她还有着积极参与文化活动、积极争取社会认可的进取心，而这样的进取心，对于已到桑榆之年的人来说是多么可贵。“春蚕到死丝方尽，蜡炬成灰泪始干”，本来以为，清照对生命的热情早已燃烧殆尽，胸中那团火只剩下了一堆冰冷的灰烬，可谁知，那堆灰烬里还藏着未灭的火星。

清照的献诗，引起了宫中贵妇的注意，也招来了小人的嫉恨。学士院中有一个叫秦楚材的翰林，他是清照表姐夫秦桧的兄长，说起来还沾亲带故，可此人缺乏才华且心胸狭窄，他因嫉妒清照的诗才，于是希望清照能为他做“枪手”，允许他将她写的诗据为己有献上去。以清照的刚强高傲，如何肯依，此人便怒火中烧，伺机免去了清照因献诗而获得的皇家赏赐。

若是父亲李格非或者丈夫赵明诚还在世的话，以李家和赵家的声势，纵然秦楚材有秦桧撑腰，也未必敢在清照面前如此横行霸道吧？

失去了依靠的清照，只能成为自己的靠山，她至少还有一样东西可以依傍——那就是她与生俱来的才华，这是谁也无法比拟的，那些权势滔天的人，也得拜倒在她的诗词之前。

清照在南宋初年的词坛还是自有其一席之地的，她一生中交游极为广阔，晚年和朱敦儒等词坛名家也保持着密切来往。朱敦儒外号“词俊”，与“诗俊”陈与义等人并称为“洛中八俊”。他早年生活极其风流放诞，曾撰词自称“我是清都山水郎，天教分付与疏狂”，夸自己“诗万首，酒千觞，几曾著眼看侯王”。

这等平视公卿的风度，为清照所激赏，两人早年就相识，又在临安再遇，故人重逢，曾有过亲密交往，朱敦儒的作品中就存有一首《鹊桥仙·和李易安金鱼池莲词》。可惜清照的原作已经淹没无传，我们只能从朱敦儒的这首词作中，揣想这两位词中之仙曾一同诗词唱和。

清照满腹才学，自然希望能有人传继。一次，她遇到了一家姓孙的故旧，孙家有个十来岁的小姑娘，生得聪明伶俐，清照动了爱才之心，想将平生所学倾囊相授，岂知，这位孙姓小姑娘一口回绝了她的好意，理由是“才藻非女子事也”。

这样的理由，在现代人看来简直太过荒诞不经，在当时却属理所当然。巧的是，后来这位孙氏女长大成人后，所生儿子是南宋诗人陆游的学生。在孙氏女去世之后，陆游应学生所邀，为其撰写墓志铭时，还将此事作为她的一桩美德写了进去。

清照的主动授学和孙家小姑娘的严词拒绝形成了鲜明对比，孙氏女还只是个十几岁的小姑娘，观念却比一些老人还要保守，她的恪守礼法，更加衬托出了清照勇于打破传统的耀眼光芒。在孙家小姑娘这个年纪时，清照差不多凭着诗词誉满京华了，她这一生，和诗书做了闺中伴，和笔墨结了骨肉亲，从未放弃过填词作诗，幸好有了这份坚持和热爱，在那个普遍信奉“女子无才便是德”的时代，她才没有浪费掉上天赋予的才华。

清照没有因小姑娘的拒绝而灰心，她定居临安时，曾教过一位叫韩玉父的女子学诗，可惜的是，由于时代的局限，她并没有找到一位登堂入室的弟子来继承她的衣钵，这不能不说是一种遗憾。

晚年的清照将自己的居所命名为“易安室”，与人交往时以“易安居士”自称，虽贫苦，也不改其志，在寄居的陋室之中，继续整理着丈夫明诚留下的著作，也继续致力于丈夫钟爱的收藏事业。失去经济来源的她已经无力再购买昂贵的书画古籍，手头所剩的藏品也寥寥无几，越是如此，就越是倍加珍爱。

绍兴十九年（公元 1149 年），清照曾先后两次拜访米芾的儿子米友仁，请他为自己收藏的两幅米芾的字题跋。米芾是北宋著名的书法家，与苏轼、蔡襄、黄庭坚并称为书法界的“宋四家”。其个性怪异，举止癫狂，遇石称“兄”，膜拜不已，因而人称“米癫”。米芾善于临摹，到了能以假乱真的地步，因此传世的作品鱼龙混杂，常令人分不清真假。清照特意请其子作跋，既是为了鉴定其真假，也是为了提升米芾这两幅字帖的价值，试想一下，若“小米”能为“大米”作跋，这样的美谈必定会为字帖增色不少。

米友仁没有让清照失望，在细细鉴赏了清照所携来的两幅字帖后，他当即肯定她所收藏的是其父的真迹，并欣然为之题跋。在米芾《灵峰行记帖》上，他写道：“拜观不胜感泣。先子寻常为字，但乘兴而为之。今之数句，可比黄金千两耳，呵呵！”这年米友仁已经七十五岁了，见到父亲的手迹，不禁感动得流下了眼泪，在他记忆中，父亲米芾写字都是率兴而作，这个帖子居然有这么多的字数，其价值不下于黄金千两。

在另一幅《寿时宰词帖》中，米友仁则介绍了自己为之作跋的缘由：“先子因暇日偶写，今不见四十年矣。易安居士求跋，谨以书之。”正是有了此跋，后世的人才凭着这字帖，知道了清照当年曾携帖求跋之事。

这一年，她已经六十八岁了，人生七十古来稀，在那个年代，已经属于风烛残年的老人了，可她依然在为了丈夫留下来的珍贵字画而奔走，这份执着确实无人能比。

除此之外，在整理完《金石录》之后，她便将此著进于朝廷，这部著作穷尽了丈夫和她一生的精力心血，她非常希望朝廷能将之刊行于世，这样才足以一慰明诚的在天之灵。

“莫道桑榆晚，为霞尚满天”，用这句刘禹锡的诗来形容清照的晚景再好不过了，日到桑榆已是薄暮时分，可化作晚霞依然映得满天彤红、灿烂无比。清照是在落日熔金、暮云合璧中走向自己人生的终点的，她就像那天边的夕阳，哪怕就快要落下去了，也要拼尽全力绽放出最后的光彩。

那满天的霞光是多么绚烂，多么明亮，即使红日终将被黑暗吞没，人们还是会永远记得，它在坠落前留下的万丈光芒。

珠沉玉殒

举凡文人，临终前大多有诗词留下，李白临终，留下了有志难伸的《大鹏歌》，陆游病危，心心念念的仍是“但悲不见九州同”。

清照在与世长辞之前，并没有留下任何绝笔诗词，在很多人心目中，这一首《声声慢》俨然就是她人生中的绝唱：

寻寻觅觅，冷冷清清，凄凄惨惨戚戚。乍暖还寒时候，最难将息。三杯两盏淡酒，怎敌他、晚来风急？雁过也，正伤心，却是旧时相识。

满地黄花堆积。憔悴损，如今有谁堪摘？守着窗儿，独自怎生得黑？梧桐更兼细雨，到黄昏、点点滴滴。这次第，怎一个愁字了得！

王国维在《人间词话》中曾说，“一切文字，余爱以血书者”。又说，“后主之词，真所谓以血书者也，宋道君皇帝《燕山亭》词亦略似之。然道君不过自道身世之戚，后主则俨有释迦、基督担荷人类罪恶之意，其大小固不同矣”。

“男中李后主，女中李易安”，李煜与李清照，以及早于他们的李白，合称为“词家三李”。其中后主与清照更是常常被人相提并论，仔细看来，他们的经历、词风确实不无相似之处，我们总是能从他们的词中读到全人类共有的困境和伤感。

清照南渡之后所作之词，就如李煜国破之后的词作一样，都是用血泪写就的。尤其是这首《声声慢》，更是字字皆血，句句是泪，仿佛能听见词人的哭泣之声，见到词人的满衣清泪。

开头劈面就连用七个叠词，“寻寻觅觅，冷冷清清，凄凄惨惨戚戚”，这种写法历来被人称道，宋人张端义称赞说“此乃公孙大娘舞剑手，本朝非无能词之士，未曾有一下十四叠字者。”

然而清照作此词时，并不是刻意求工，而是心中含有无限凄楚抑郁之情，不得不喷薄而出。人在愁苦至极的时候，是顾不上雕琢字句的，只顾得上将胸中的烦闷一股脑儿地倾泻出来，有了充沛的情感打底，故看上去全无斧凿的痕迹。

我们不知道，她究竟在寻觅什么，总之寻来觅去，最后的结局还是冷冷清清，凄凄惨惨。七组叠词读起来，如大珠小珠落玉盘，齿舌音来回反复吟唱，只觉徘徊低迷，婉转凄凉，仿佛听到一个哀怨女子在含泪诉说。

伤心人偏偏又碰到了坏天气，“乍暖还寒时候，最难将息”，愁肠百结，只有借酒来浇，可惜“三杯两盏淡酒，怎敌他，晚来风急”，恰在这时，她又看见了天边有一只孤雁飞过，看上去像是往日曾见过，风送雁声，反而增添了离人心上的忧愁。

元曲中曾有一首写孤雁的曲子：“从南来了一群雁，也有成双也有孤单。成双的欢天喜地声嘹亮，孤单的落在后头飞不上。不看成双，只看孤单，细思量你的凄凉，和我是一般样，细思量你的凄凉，和我是一般样。”

天上的雁群，看在清照的眼里，一定也是不看成双，只看孤单吧。孑然一身的词人，见到了这只孤雁，难免会生起物伤同类之感，人没了伴侣，就像雁离了群一样孤单，“细思量你的凄凉，和我是一般样”。

还是不要抬头看孤雁南飞了，可一低头，见到的又是“满地黄花堆积。憔悴损，如今有谁堪摘？”落英凌乱地堆积了一地，她再也没有当年东篱把酒黄昏后的情致了。花儿憔悴不堪，看花人更是零落支离，纵然是人比黄花瘦，又有谁堪做伴、谁来怜惜？

不如就这样孤单单地坐在窗畔，孤单单地看看天色吧。时光因为孤独而格外难熬，这漫长而寒冷的一天，到底要什么时候才能熬到天黑呢？好不容易夜幕降临，偏偏又下起雨来，江南的雨啊，点滴凄清，下起来就没完没了。她再也控制不住自己的情绪，忍不住问道："这次第，怎一个愁字了得！"

她的心情，已经不能用一个"愁"字来概括了。愁这种情绪相对简单，而此刻的她百感交集，心情要复杂得多了。那种无依无靠的孤独之感，那种寻寻觅觅的茫然之感，那种年华老去的迟暮之感，那种悼亡思乡的痛切之感，那种风雨摧折的流离之感，交织在一起，沉重得几乎就要将她压垮。

这是无论如何坚强的人都背负不了的沉重。清代梁启超读了此词后，忍不住掬一把清泪，评价说："这词是写从早到晚一天的实感，那种茕独凄惶的景况，非本人不能领略；所以一字一泪，都是咬着牙根咽下。"

易安词本就凄婉至极，到了此词，更是化凄婉为凄厉，满纸都是呜咽，这种吞悲含泪的忧愁暗恨，尤为沉痛。一部《漱玉词》，若论词意之哀切，愁苦之浓重，此词堪称压卷。

在这首《声声慢》里，我们已经看不到她对生命的热忱，所谓心灰意冷，莫过于此。全词被一种平静的绝望所笼罩着，那是一种深入骨髓而又无法摆脱的绝望，守在窗畔的她，与其说在等待天黑，倒不如说在等待生命的终结，在等待最后结局的到来。

在人生的路上，她已经孤身跋涉了太久太久，到后来，可能真的是有些累了。这一程，她走得很辛苦，已经耗尽了全部的力气，再也没有力气走下去了。

在约绍兴二十五年（约公元 1155 年），清照于临安悄然而逝，终年 72 岁左右。就在那一年，《金石录》终于刊行面世了。朱熹评价她“煞做得好”。

没有人知道她具体逝于哪一天，更没有人知道她临终前有何遗言，这个十六七岁就名动京洛的一代才女，是在悄无声息中离开这个世界的。

当最终的结局来临时，她究竟在想些什么？是心有遗憾，还是了无牵挂？在生命的最后一刻，她是否还在思念着远方的故乡和那已经逝去的昔日繁华？

这一切，随着她的悄然离世，都将无从得知了。唯一可以肯定的是，她是在临安去世的，再也没有回到她挂念的齐鲁大地。如果真的有灵魂的话，那她的灵魂在离开这具寄居的躯体之后，一定会飘往北方吧。

那里有她醒里梦里也忘不了的故乡，有她日思夜想的亲人。如果人死后真的有灵魂，他们一定会不约而同地重返故土，在那里欢聚一堂，仿佛从未分离。

一代才女李清照，就这样在冷冷清清中离开了这个人世。没有子女来传承她的血脉，也没有入室弟子来继承她的文学衣钵，甚至连葬身于何处都没有人知晓。

这样的结局总会令人想起民国时的张爱玲，爱玲是清照的仰慕者，她们也有着类似的人生轨迹，都是少年时一举成名，中年时去国离乡，晚年时孤独凄凉，都身逢乱世，都经历过丧偶之痛，也都是在悄无声息中去世的，爱玲甚至是在美国的公寓中去世数日后，遗体才被人发现。

可爱玲和清照毕竟是不一样的，她们一冷一热，爱玲是冷眼冷心，清照则是热心热肠，不同的处世态度决定了她们作品的不同风貌，也导致了她们截然不同的人生观。相较于爱玲，清照早年得到过更为丰沛的爱和温暖，爱玲眼中的世界是冰冷的，这让她只想逃离，清照则始终眷恋俗世的人间烟火味，纵然是躲在帘子底下，也不忘了听人笑语，她是热爱这个尘世的，这热爱犹如春蚕吐丝，至死方休。

清照一生著述丰富，在世之时已形成极有特色的“易安体”，并有词集问世，可死后作品却大多散佚，只留下了四五十首词以及少量诗文，对于喜爱她的读者来说，真是一件莫大的憾事。

所幸好的作品，总会有“一句能令万古传”的魅力。《漱玉词》虽只有寥寥数十首，但几乎每一首都冰莹玉润，宛如一块明莹的水晶，浑成剔透，从中折射出她晶光照人的才华。

她去世若干年之后，越来越多的人开始认识到这位才女独有的价值。眼高于顶的辛弃疾视她为偶像，模仿她的风格作了多首“拟易安体”。清代的王士祯，更是一生低首李清照，和作了她的每一首词，并将她和辛弃疾相提并论，论宋词称“婉约以易安为宗，豪放惟幼安（辛弃疾字）称首”。

关于“易安体”的特色，现代学者缪钺说得最好：“易安词在有宋诸名家中，自有其精神面目。晏殊之和婉，欧阳修之深美，张先之幽隽，柳永之绵博，苏轼之超旷，秦观之凄迷，晏几道之高秀，贺铸之瑰丽，举不足以限之。大抵于芬馨之中，有神骏之致，适以表现其胸怀襟韵。”

有人说，她是婉约词宗，也有人说，她是北宋末年最伟大的词人，是乐府词坛最有力的健将，成就超过了秦观、黄庭坚、柳永等人。更有人认为：历史上有名的女性，便单就中国而论，如像卓文君，如像蔡文姬，如像武则天，如像李清照，她们的才力也并不亚于男人，而她们之所以能够成人，乃至成为男性以上的人，就因为她们是不肯服从男性中心道德的叛逆女性。

凭借着留下来的词作，清照永远地活在了人们的心中。她平生为之付出的努力，终于在去世后获得了认可。虽然这一天，未免来得太迟了。

千秋万岁名，寂寞身后事。

清照这一生为之寻寻觅觅的，就是这份理解和认可吧。她在世的时候，几乎没有人可以理解，等到她离世后，人们才认识到她的不可取代，这些迟来的赞美，能否慰藉她生前的寂寞？

她一直向往着像那展翅高飞的大鹏一样，飞过星河云涛，飞向海外仙山。可惜那个年代，女性的天空是低微的，她想飞，现实却拽住她的脚不放，凭借着一股不屈的力量，她终于飞了起来，尽管是逆着风，她也完成了自己的飞翔。

她原本还可以飞得更高。

后记

只有香如故

《红楼梦》中宝玉生日时，大观园中诸姐妹一起行花名签酒令，每个人都抽到了一支花签。宝钗抽到的是“任是无情也动人”的牡丹，暗合她艳冠群芳的身份；湘云抽到的是“只恐夜深花睡去”的海棠，恰恰她在书中有海棠春睡的一幕；黛玉抽到的是芙蓉花，“风露清愁”四个字像是为她量身定做的；探春抽到的是红杏，袭人的是桃花，香菱的是并蒂花，李纨的是老梅，麝月抽到的荼蘼花最伤感——恨只恨韶华胜极，却已是开到荼蘼花事了。

我常常想，如果让李清照也来抽一支花签，什么花和她最相配呢？是“绿肥红瘦”的海棠，还是“人比黄花瘦”中的黄菊？是“容华淡伫，绰约俱见天真”的芍药，还是“何须轻红浅碧色，自是花中第一流”的桂花？

她一生中爱花成痴，一场场绚烂花事在她笔底次第盛开，春天卧看雨后海棠、月下梨花，夏日荡舟误入藕花深处，秋时把酒赏菊、闻桂子飘香，到了冬季，则漫步在雪中，赴一场与梅花的约会。

在芬芳美丽的花花世界里，李清照特别钟情于梅。她现存50余首词，竟有11首写到了梅花。

梅以韵胜，以格高，没有什么比梅花更能代表她的风韵和品格。作为一个富有品位的大家闺秀，她喜爱梅之神韵天然，风味不尽；而作为一个“倜傥有丈夫气”的女词人，她更赞赏梅之傲寒独放，抱香枝头。

透过词中玉瘦香浓的梅影，一个如梅般凄清冷艳的词人形象呼之欲出。

梅之格即人之格，她笔下的梅花，从来都淡雅高洁，不同凡俗，且看她少女时代写的咏梅词《渔家傲（雪里已知春信至）》。

这首词可以看成一首梅的赞歌，全篇用拟人手法，将梅花写得亦花亦人，形神兼备。赏其外形，梅花有一副令人陶醉的“香脸”；状其风韵，她有令人倾倒的“娇旖旎”的情态；赞其品格，梅花犹如“玉人浴出新妆洗”一般的高雅芳洁，一尘不染。甚至连大自然对梅花也似特别偏爱，“造化可能偏有意，故教明月玲珑地”。赏梅的人更是只欲对梅一醉而后快，只因为梅花那“此花不与群花比”的高标逸韵。这不正是那个“风神气格，冠绝一时”的李清照吗？

李清照这个人，是颇为自负的，她写诗要押险韵，与丈夫赌书要分胜负，更作《词论》，历评同时期词人如柳永、苏轼、秦观等人词作的短处。难怪后人评价其人其词“不徒俯视巾帼，直欲压倒须眉”。正是这超人的才华和高洁的心志，使她能睥睨群花，孤标傲世。

清代的谭莹更是把李清照与李白相提并论：“若并诗中化位置，易安居士李青莲。”确实，李白之“天生我材必有用”与李清照之“此花不与群花比”同可看作天才的宣言，是何等的自信，又是何等的超拔。

可惜的是，梅花生于冰天雪地之中，注定要承受风霜摧折。李清照不幸生于风雨飘摇的两宋之交，更不幸夫君早丧，以病弱孤苦之身，独自承受国破家亡的双重痛苦。所幸还有梅花相伴，她从一个“绣面芙蓉一笑开”的少女，到“寂寞深闺，柔肠一寸愁千缕”的少妇，再到“不如向、帘儿底下，听人笑语”的孀妇，梅花始终是她最亲密的朋友，与她同呼吸、共悲喜，陪她走过人生的风风雨雨。她笔下的梅花意象，也从早期的丰神雅韵蜕变到中期的清冷瘦弱，再到晚期的残破凋零，如同她的一生。

清照的后半生，风鬟霜鬓，憔悴支离，最后悄无声息地逝于临安。傲立于两宋词坛的一剪寒梅不堪雨疾风狂，终于萎谢了。

那一缕清芬，却保存在她的《漱玉词》里，绵延至今，不绝如缕，千载之下，读起来依然余香满口。

纵然零落成泥辗作尘，仍有香如故。

这是梅花的风骨，也是清照的风骨。

慕容素衣

参考书目

徐培均：《李清照集笺注》，上海古籍出版社，2002 年。

康震：《康震评说李清照》，中华书局，2007 年。

陈祖美：《李清照新传》，北京出版社，2001 年。

杨雨：《多少事欲说还休——杨雨评讲李清照》，清华大学出版社，2013 年。

柯宝成：《李清照全集》，崇文书局，2015 年。

艾朗诺：《才女之累：李清照及其接受史》，上海古籍出版社，2017 年。

夏承焘：《唐宋词品鉴》，中国青年出版社，2011 年。

龙榆生：《词学十讲》，北京出版社，2011 年。

蒋勋：《蒋勋说宋词》，中信出版社，2014 年。

刘逸生：《宋词小札》，中国青年出版社，2016 年。

徐培均：《李清照》，人民文学出版社，2015 年。

诸葛忆兵：《李清照与赵明诚》，中华书局，2004 年。

缪钺：《缪钺全集》，河北教育出版社，2004 年。

沈祖棻：《宋词赏析》，北京出版社，2003 年。

刘义庆：《世说新语》，中华书局，2007 年。

王国维：《人间词话》，上海古籍出版社，1998 年。

李清照年谱

◎ 一岁（1084 年，宋神宗元丰七年），清照生于济南（今山东章丘明水）。父李格非，字文叔，“苏门后四学士”之一，《宋史·文苑传》有传，有《洛阳名园记》等著作传世。母王氏，元丰宰相王珪长女，善属文。

◎ 二岁（1085 年，元丰八年），生母卒。

◎ 六岁（1089 年，宋哲宗元祐四年），格非官太学正，赁屋于汴京经衢之西，名其堂曰“有竹”。清照由乡来东京，随父生活。

◎ 八岁（1091 年，元祐六年），格非续娶王拱辰孙女，继母与清照相处融洽，生一子名李迒。

◎ 十五岁（1098 年，元符元年），清照回到山明水秀的明水原籍暂住，是年春、秋两季有溪亭之游。

◎ 十六岁（1099 年，元符二年），清照是年前后，与其母及胞弟李迒由原籍赴汴京，结识文学上的忘年交晁补之。《如梦令（常记溪亭日暮）》《忆王孙（湖上风来波浩渺）》等词当作于是年来汴京之后。

◎ 十七岁（1100 年，元符三年），格非始除礼部员外郎。清照得识张耒（字文潜）并作《浯溪中兴颂诗和张文潜》二首。又有《如梦令（昨夜雨疏风骤）》《浣溪沙（小院闲窗春色深）》《点绛唇（蹴罢秋千）》等词亦当作于是年前后。

◎ 十八岁（1101 年，徽宗建中靖国元年），清照适赵明诚。明诚字德甫，二十一岁，太学生，赵挺之季子。有《金石录》传世。是年，格非仍任礼部员外郎、挺之为吏部侍郎。《渔家傲》《庆清朝慢（禁幄低张）》《鹧鸪天（暗淡轻黄性体柔）》《减字木兰花（卖花担上）》《瑞鹧鸪（风韵雍容未甚都）》诸阕，当作于是年前后。

◎ 十九岁（1102 年，崇宁元年），七月，格非被列为元祐党籍；九月，徽宗书党人名单，刻石端礼门。“奸党”名额此时共约 120 人，格非名在余官第 26 人。六月，赵挺之除尚书右丞；八月，除尚书左丞。清照上诗挺之云：“何况人间父子情。”当为营救其父格非而作，人谓“识者哀之”。

◎ 二十岁（1103 年，崇宁二年），四月，挺之除中书侍郎，明诚亦于是年“出仕宦”。九月庚寅，诏禁元祐党人子弟居京、王午诏：“宗室不得与元祐奸党子孙及有服亲为婚姻，内已定未过礼者并改正。”清照结缡不久，即与明诚有过别离，作《一剪梅》词。

◎ 二十一岁（1104 年，崇宁三年），六月，合定元祐、元符党人名单，共 309 人，格非名仍在余官第 26 人。由徽宗书而刊之，置文德殿门之东壁。清照心念父亲，时归原籍，时返汴京。作《醉花阴》《小重山》《玉楼春》《行香子》等。

◎　二十二岁（1105 年，崇宁四年），二月，挺之除尚书右仆射兼中书侍郎。六月，挺之为避免与蔡京相争，托病求罢右仆射。十月，明诚授鸿胪少卿，其长兄存诚为卫尉卿、次兄思诚为秘书少监。清照献诗挺之云："炙手可热心可寒。"抒发她为党祸株连而得不到翁舅救援之感慨。

◎　二十三岁（1106 年，崇宁五年），正月，大赦天下，并令吏部李格非与监庙差遣。二月，蔡京罢左仆射，赵挺之为特进尚书右仆射兼中书侍郎。毁《元祐党人碑》，除党人一切之禁。清照心情好转，作《满庭芳》《多丽》《晓梦》等。

◎　二十四岁（1107 年，大观元年），正月，蔡京复相。三月，挺之罢右仆射，后五日卒，年六十八。卒后三日，家属亲戚在京者被捕入狱，查无事实。七月，出狱。是年或下年伊始，明诚母郭氏率其子女、媳妇归居青州。

◎ 二十五岁（1108 年，大观二年），明诚、清照夫妇于青州“归来堂”读书、斗茶。明诚撰《金石录》，清照“笔削其间”，心情舒畅，甘心终老是乡。大致于是年作以“词别是一家”著称的《词论》，是清照继晁补之《评本朝乐章》之后的一篇同史上最早产生重要影响的词论。它最先由胡仔在其《苕溪渔隐丛话》后集卷三十三《晁补之》子下著录时，称“李易安云”；第二位著录《词论》的是南宋人魏庆之，见于其《诗人玉屑》卷二十一《诗余》条；第三位著录《词论》的是清人徐釚，见于其《词苑丛谈》卷一《体制》。是年，明诚、清照或为隐居金乡的晁补之贺寿，清照遂作《新荷叶》词。

◎ 二十八岁（1111 年，政和元年），明诚亲至泰山，得二碑。

◎ 二十九岁（1112 车，政和二年），明诚夫妇仍屏居青州。存诚于是年以秘书少监言事，思诚亦起复。

◎ 三十一岁（1114 年，政和四年），相传明诚为“易安居士三十一岁之照”题赞云：“清丽其词，端庄其品。”此“照”存有所衣非宋人服装等若干破绽，已考定其为赝品，但题词当为明诚心声。

◎ 三十二岁（1115 年，政和五年），明诚、清照夫妇仍屏居青州，并于花前月下相从赋赏花诗。

◎ 三十四岁（1117 年，政和七年），夫妇仍屏居青州。河间刘跂为《金石录》前三十卷作序，题为《〈金石录〉后序》。此前赵明诚自己尝作《〈金石录〉序》。

◎ 三十五岁至三十七岁（1118 年至 1120 年，重和元年至宣和二年），这期间，明诚亦当起复。在其单独离开青州居官过程中，或有“天台之遇”，或独携其妾前往。是时，清照独居青州之“秦楼”。为明诚送行时作《凤凰台上忆吹箫》，又相继作了《念奴娇》《点绛唇（寂寞深闺）》等词表达其被疏、无嗣之苦。

◎ 三十八岁（1121年，宣和三年），明诚守莱不久。八月初，清照赴莱州途中，晚止昌乐驿馆，赋《蝶恋花·昌乐馆寄姊妹》。八月十日，清照在莱州“独坐”一破败清冷之室，因作《感怀》诗并序，道其所遇之“可怜”，实讽明诚对其之冷落。

◎ 四十来岁（1123年前后，宣和五年前后），清照仍随居明诚莱州住所，于静治堂夫妇共同辑集整理《金石录》，且“装卷初就，芸签缥带，束十卷作一帙。每日晚吏散，辄校勘二卷，跋题一卷”。

◎ 四十三岁（1126年，钦宗靖康元年），明诚守淄州，因其提兵帅属，斩获逋卒为多，被朝廷“录功”，且转一官。明诚在淄川邢氏之村，得白乐天所书《楞严经》，“因上马疾驱归，与细君共赏”。十二月，金军破东京，史称“靖康之变”。翌年四月，俘徽宗、钦宗和宗室、后妃等数千人，并辅臣、乐工、工匠等及大量财物北去，北宋亡。

◎ 四十四岁（1127 车，靖康二年一月至四月，高宗建炎元年五月至十二月），三月，明诚独自往金陵奔母丧。四月，北宋亡。五月，高宗即位于南京应天府之正厅，改元建炎，史称南宋。四、五月间，清照由淄州返青州，整理金石文物准备南运。七月，明诚起复知江宁府，兼江东经制副使，八月至任。十二月，明诚家存书册什物十余屋，焚于青州兵变，清照赴金陵。

◎ 四十五岁（1128 年，建炎二年），春，清照携《赵氏神妙帖》等文物赴江宁，途经镇江遇盗掠勿失，为明诚和岳珂所称道。是年有“作诗以低士大夫”事，所作诗为“南渡衣冠少王导”“南来尚怯吴江冷”等，以及《分得知字》《乌江》等诗，又作《临江仙（庭院深深深几许）》；是年春、冬及翌年春，清照有雪天顶笠披蓑，循城远览觅诗之事。

◎ 四十六岁（1129 年，建炎三年），二月，明诚罢官。五月，夫妇至池阳，明诚再度被起用为湖州知府，独自往建康朝见高宗，途中感疾。七月末，清照得到明诚卧病的消息，一日夜行三百里，赶赴建康探视。八月，明诚病危时，阳翟张飞卿携玉壶，视明诚，便携去。八月十八日，明诚卒于建康。葬毕，清照大病，仅存喘息。事势日迫，遣人将行李送往任兵部侍郎、从卫在洪州的明诚妹婿处。十一月，金人破洪州，清照寄洪之文物尽委弃。正月初七（人日）作《菩萨蛮》，三月作《蝶恋花·上巳召亲族》，八月作《祭赵湖州文》，闰八月作《鹧鸪天》，九月作《南歌子》和《忆秦娥》。

◎ 四十七岁（1130 年，建炎四年），是年闻“玉壶颁金”之传言，清照惶恐，便携带所有古铜器赴越州、台州等地追赶高宗投进，未遂。又追随高宗帝踪所在而奔走于明州、温州。在海上漂流时，作《渔家傲》词。刘豫受金册为“齐帝”，赋《咏史》诗讽之。《诉衷情》《好事近》等词抑或作于此时。

◎ 四十八岁（1131 年，绍兴元年），三月，赴越州，寄居在钟姓人家里，卧榻之下五簏文物被穴壁盗去，钟氏拿出十八轴求赏。可见钟氏就是盗贼。后世张居正为此事殊不平，尝辞退会稽籍钟姓部吏。

◎ 四十九岁（1132 年，绍兴二年），春天赴杭州，三月作“露花倒影”联，陆游谓此系清照嘲张九成。清照患重病至牛蚁不分，是时张汝舟巧言惑其弱弟以骗婚。两人结婚后，张汝舟觊觎清照手中残存之文物，不得，即对她日加殴击。秋，清照与张离异，并讼其“妄增举数入官”，张遂贬官柳州。依宋刑律，告发亲人者应“徒二年”，清照仅系狱九日，因得明诚远亲、建炎时曾与高宗共患难的綦崇礼搭救的缘故，清照以《投翰林学士綦崇礼启》谢之。秋冬作《山花子（病起萧萧两鬓华）》等词。

◎ 五十岁（1133 年，绍兴三年），六月，尚书礼部侍郎韩肖胄使金，使工部尚书胡松年为副使。临行入辞，肖胄言：“今大臣各徇已见，致和战未有定论。然和议乃权时宜以济艰难，他日国步安强，军声大振，理当别图。今臣等已行，愿毋先渝约。或半年不复命，必别有谋，宜速进兵，不可顺臣等在彼间而缓之也。”肖胄母文氏，闻肖胄当行，为言：“韩氏世为社稷臣，汝当受命即行，勿以老母为念。”言行慷慨，清照缘此事而作《上枢密韩公工部尚书胡公》古诗、律诗各一首，古诗中有“欲将血泪寄山河，去洒东山一抔土”之句。

◎ 五十一岁（1134 年，绍兴四年），八月，清照在杭州作《〈金石录〉后序》。九月，金、齐合兵分道犯杭州等地。十月，清照逃往金华避难，择居陈氏宅。是时思诚知台州。十一月，作《打马赋》《〈打马图经〉序》等。《钓台》诗当系是年或下年经桐庐江往返于杭州、金华时，亲睹汉严子陵垂钓处所作。

◎ 五十二岁（1135 年，绍兴五年），春及初夏，仍居金华，并于此地作《武陵春》词和《题八咏楼》诗。五月三日，诏令婺州取字故直龙图阁赵明诚家藏《哲宗皇帝实录》缴进。

◎ 五十三岁至五十九岁（1136 年至 1142 年，绍兴六年至十二年），清照由金华返临安，自此长居于临安。

◎ 六十岁（1143 年，绍兴十三年），清照居临安。夏撰《端午帖子》。《金石录》于是年前后表进于朝。

◎ 六十三岁（1146 年，绍兴十六年），春，曾慥《乐府雅词》成，其下卷收清照词二十三首。

◎ 六十四岁（1147 年，绍兴十七年），撰于是年或稍前的、为胡仔《苕溪渔隐丛话》后集卷四所引的《诗说隽永》云："后有易安李，李在赵氏时。"意谓李后适他姓。清照仍居临安，尝忆京洛旧事。《永遇乐》《添字丑奴儿》作于是年或稍后。

◎ 六十五岁（1148 年，绍兴十八年），《苕溪渔隐丛话》前集成，其卷六十《丽人杂记》条苕溪渔隐曰："近时妇人能文词，如李易安，颇多佳句，小词云：'昨夜雨疏风骤……应是绿肥红瘦。''绿肥红瘦'，此语甚新。又九日同云：'帘卷西风，人比黄花瘦。'此语亦妇人所难到也。易安再适张汝舟，未几反目，有启事与綦处厚云：'猥以桑榆之晚景，配兹驵侩之下材。'传者无不笑之。"

◎ 六十六岁（1149 年，绍兴十九年），王灼的《碧鸡漫志》撰成于成都，其卷二谓易安"再嫁某氏，讼而离之"。

◎　六十七岁（1150 年，绍兴二十年），是年或上年，清照携所藏米芾墨迹，两访其子米友仁，求作跋。

◎　六十八岁（1151 年，绍兴二十一年），是年前后，晁公武《郡斋读书志》撰成于四川荣州、洪适跋《赵明诚〈金石录〉》于临安。晁著云“格非之女，先嫁赵诚之（明诚），有才藻名。其舅正夫相徽宗朝，李氏尝献诗曰：‘炙手可热心可寒。’然无检操，晚节流落江湖间以卒”。洪跋云“赵君无嗣，李又更嫁”。

◎　六十八岁至七十二岁（1151 年至 1155 年，绍兴二十一至二十五年），清照在临安悄无声息地逝去，享年约七十二岁。据陆游《夫人孙氏墓志铭》所记，易安晚年欲以其学传孙氏，孙氏云“才藻非女子事也”。清照当卒于此时。此后相继问世的赵彦卫《云麓漫抄》录有《投翰林学士綦崇礼启》，此启系清照自叙其再嫁、离异、系狱等事；李心传《建炎以来系年要录》云，“以汝舟妻李氏（格非女）讼其妄增举数入官也”；陈振孙《直斋书录解题》谓清照“晚岁颇失节”，即指其再嫁之事。